ギルドの受付嬢ですが、残業は嫌なのでボスをソロ討伐しようと思います

uketsukejou saikyou

[著] 香坂マト
[ill] がおう

1

受付嬢アリナ・クローバーは平穏が好きだ。

大豪邸に住みたいなんて思わない。大金持ちにも、玉《たま》の輿《こし》にも興味はない。波瀾万丈《はらんばんじょう》の人生もいらない。そこそこの生活ができて、そこそこ自分の時間を楽しみながら、毎日心穏やかに暮らせればそれでいい。

だから受付嬢という職業を選んだ。危険なダンジョンへ繰り出す冒険者を見送る役。安心・安全でおまけに公務だから職や給与を失うこともない。

そう、受付嬢となったその瞬間に、アリナの平穏な人生は確約されたのだ。

可愛《かわい》い受付嬢の制服に身を包み、冒険者が昼夜問わず危険なダンジョンで命と人生を危険にさらしている間に、アリナは悠々とクエストカウンターで笑顔をふりまき、のんびり事務作業でもして、定時が来たら帰宅するのである——

と、思っていた。

受付嬢になる、その時までは。

「次の方どうぞ!!!」

理想から百倍くらいかけ離れたドスのきいた声で、アリナは半分怒鳴り散らしていた。

長い黒髪は振り乱れ、落ちた前髪を直すひまさえなく、鬼の形相で冒険者共を睨《にら》みつける。

そこには、優美な受付嬢の姿も、のんびり事務作業をしている姿もなかった。

「次の方!! どうぞ!!!!」

アリナの怒号が、ひしめく冒険者たちの頭上を駆け抜ける。

決して怒っているわけではない。いつも笑顔で冒険者のクエストを受注し、冒険者を優しく見送る受付嬢がそんなことをするはずがないのだ。が、そんなのんきなことを言っている場合ではなかった。声を張り上げなければ受注業務が進まないのだ。

大都市イフールにいくつもあるクエスト受注所の中でも、最大級の規模と受注数を誇るイフール・カウンターは、いまや一歩進むのにも苦労するほど冒険者でごった返し、戦場のような騒がしさに包まれているからである。

「やっと俺の番か」

しかしそんな大混雑の受付所で、アリナの呼び声に応じた冒険者は空気も読まずにゆったりと窓口へ進み出た。

鉄製の重鎧《ヘビーアーマー》を見せびらかすように音を立て、近づいてきた大柄な攻撃役《アタッカー》。その背中には使い込まれた黒いバトルアックスがぬらりと光り、歴戦の冒険者を思わせる。

「おい、あれって……」

「〝暴刃《ぼうじん》のガンズ〟じゃないか……!?」

「すげえ！　ギルドの精鋭だ、俺初めて見た！」

とたんに、彼の正体に気づいた後ろの冒険者たちの間でざわめきの波が広がった。

ガンズと呼ばれた男は鉄兜《てつかぶと》で顔を隠していたが、彼の持つ黒塗りのバトルアックスを見てアリナもその正体に気づいていた。そのバトルアックスには太陽を模した特徴的な魔法陣が刻まれ、淡い光を明滅させている。今の鍛冶技術でなしえる代物ではなく、広く一般に流通した量産武器とは明らかに異なる気配を漂わせていた。

武器としては最高ランクに該当する武器、遺物武器《レリックアルマ》だ。もちろん並の冒険者が持ち得るものではない。危険なダンジョンに挑み、凶暴な魔物を制した者だけが持つ唯一無二のお宝。

しかしそんな目立つ特徴がなくとも、アリナは毎日多くの冒険者と接している受付嬢である。嫌でも有名な冒険者の姿は覚えてしまうものだが――

（ちんたら歩いてないで早く来いよぉぉぉぉぉお！）

アリナが彼を見て思ったのはそれだけだった。と同時に、自分の引きの悪さを恨む。窓口はアリナの担当するものの他に、あと四つある。なんでよりにもよってこのクソ忙しい時に、〝自慢したがりおじさん〟が私の窓口に来るんだ。

一瞬脳内をよぎった黒い言葉はしかし貼り付けた営業スマイルにはおくびにも出さず、ぼさぼさの髪をちょっとだけ揺らしてワントーン高くした声を出す。

「いらっしゃいませ。受注するクエストをお選びください」

「ベルフラ地下遺跡の二層階層《フロア》ボス、『ヘルフレイムドラゴン』討伐。よろしく頼む」

すっかりガンズの一挙一動に注目していた冒険者は、おお、とひときわ大きくどよめいた。

「ついにギルドの精鋭パーティーが地下遺跡のボス討伐に乗り出したぞ！」

「攻略に王手か……！」

「暴刃のガンズに斬れねえものなんてねえ！」

彼らの言葉をひとしきり満足そうに聞いてから、ガンズはのけぞるように胸を張った。その甲冑《かっちゅう》には、二対の剣が交差した紋章がきらりと光る。冒険者の中でも選《え》りすぐりの強者が集められた精鋭パーティー、《白銀《はくぎん》の剣《つるぎ》》の証《あかし》だ。

「どうやらだいぶ期待されてしまっているようだな。まあ攻略が長引いているダンジョンだ。我ら白銀に頼るのも、仕方あるまい」

「ええそうですね」

適当に聞き流しながら、アリナは手早くクエスト受注書を用意した。同時に、ガンズには聞こえない小さな声で、思わずぼそりとつぶやきが漏れる。

「遅いんだよ攻略するのが——！」

「？」

「いえ、何でもないです。では、四人一組《パーティー》での参加なら二級、単独《ソロ》での参加なら一級のライセンスカードが必要です。ご提示と受注書へのサインをお願いします」

お決まりの定型文を早口言葉のように吐き出しながら、クエスト受注書を突き出す。さっさと書き込んでほしいところだが、しかしガンズは鉄兜《てつかぶと》の向こうでふん、と自慢げに鼻をならしてなかなか羽根ペンを持とうとしない。

「俺は《白銀の剣》だぞ。受付嬢をやっているならば、俺の階級など、わざわざライセンスを確認せずともわかるだろう？」

うるせえええええッ
「もちろん存じております。しかし、いかなる階級であろうと、冒険者様は常に危険と隣り合わせであることに変わりません――」

ぐっとこらえ、かろうじて笑顔を取り繕う。

「――いたずらにその命を危険にさらすことのないよう、受注されたダンジョンに適しているかどうか確認することも受付嬢の仕事なのです。ライセンスの提示は、冒険者様の命を守るためでございます」

ガンズの等級は当然知っている。遺物武器《レリックアルマ》のバトルアックスが、彼の正体を物語っていた。

かつてこの大陸で栄え、一夜で滅んだと言われる〝先人〟たちが造り遺《のこ》していった〝遺物《レリック》〟の一つ、遺物武器《レリックアルマ》。先人たちの持つ高い技術によって造られた遺物武器《レリックアルマ》は、攻撃力や耐久力、その強度において現状のどの武器にも勝る。

ガンズはその遺物武器《レリックアルマ》を使い、暴刃《ぼうじん》の名の通り荒々しい斬撃でこれまでいくつものボスを屠《ほふ》ってきた、《白銀の剣》の優秀な前衛役《トップアタッカー》。冒険者ライセンスは二級。

だが規定ではライセンスの提示がないものにクエストを受注させることはできない。

「……そうか、ならば」

アリナの懇切丁寧な説明にもガンズはやや不満げな様子で、彼は鉄兜《てつかぶと》を脱いでごとんとカウンターに置いた。現れたのは、濃い顎髭《あごひげ》を蓄えた彫りの深い顔立ちの男。

「これでどうだ？」

「ライセンスをご提示ください」

「……。俺はガン」

「ライセンスをご提示ください」

「……」

「ライセンスをご提示ください」

ダメ押しの三度目で、ようやくガンズが諦めたようにライセンスを取り出した。精鋭だろうが暴刃だろうが知ったことではない。アリナは、受注を待つ多くの冒険者をさばききらなければならないのだ。

「……ふん、新人か……まあ仕方あるまい」

カウンターに置かれた銀のライセンスカードにアリナはちらりと視線を走らせ、

「ご提示ありがとうございます。ではパーティーで二層まで。こちらの内容でよろしければ受注書にサインをご記入ください」

　有無を言わせず羽根ペンと受注書をガンズに押しつける。ガンズは渋々といった様子で受注書に書き込んでいった。

「それではいってらっしゃいませ！」

　書き終わった受注書を受け取り、貼り付けた営業スマイルをガンズに見せるや、アリナは受注書を脇の箱の中に放り入れた。本当はまだ処理が残っているが、後ろの長蛇の列を見る限りそんなことをしている暇はない。

「お待たせしました、次の方！」

2

　昼間の喧騒《けんそう》など嘘《うそ》のようにしんと静まりかえった、深夜のイフール・カウンター。

　とっくに営業時間は終わっているが、奥に設けられた事務室にはぽつんと明りが灯《とも》っている。

　いくつもの机が並べられ、書類が積み上がっている事務室の中でも、とりわけ大きな書類の山を見せる机に、アリナは突っ伏していた。

「ああ……疲れたぁぁ……」

　細い声を絞り出して、事務処理を終えたクエスト受注書の束を、山に加えていく。

受付嬢としての受付業務はすでに終わっているが、アリナはギルドから支給された受付嬢の制服のまま。誰もいないのをいいことに、ショートブーツを脱いで黒い髪を一つに束ね、前髪をあげておでこ全開。机の脇には冒険者ならおなじみのポーションが置かれている。主に負傷した時に飲む回復薬だが、にわかに眠気を覚ます効果があると信じられているものだ。

他の受付嬢はとっくに帰っていたが、アリナは職場に残り膨大な残務を片付けていた。そう、就業時間内に担当業務を片付けられなかった者に降りかかる試練――就業時間を超過して仕事にあたる、「残業」である。

何とか一秒でも早く家に帰るべく、〝本気モード〟で残業にいそしむアリナだったがしかし、その視線の先にはまだ処理すべき書類の山がうずたかく築かれていた。

「帰りたい……」

ぽつりと、アリナはつぶやいた。

帰りたい。おうちに帰りたい。そのまま引きこもってしまいたい――次々あふれる悲しき心の叫びを、ぐっと胸の中に押し込めた。この集計作業が終わるまでは帰るわけに行かないのだ。

昼間、担当する窓口で受注した書類の後処理に加え、アリナにはイフール・カウンターにおける今日一日の受注数の集計作業も残っていた。

十五歳の頃に受付嬢として働き始め、今年で三年目。責任あるその集計業務を、入所してまだ歴も浅い三年目のアリナが担当しているのは理由がある。今日のように昼間の窓口が混雑すれば残業はほぼ確定となるその作業を、他の先輩受付嬢が嫌がって押し付けあった結果、アリナに回ってきたのだ。

「……」

私だって嫌なのに。世の理不尽に思わずぐすっと鼻をすする。人間をむりやり元気にする魔のドリンク、ポーションを勢いよく飲み干して、いまだ殺人的な量を見せる未処理の書類の山を眺めた。その希望もなにもない無情な高さは、アリナを絶望させるに十分だ。

「終わる気がしない……」

ポーションでいくらごまかそうと、人間には活動限界というものがある。ここ数日、残業だけでは処理しきれなかった書類の数が、全く減ることなくただひたすら積み上がっていくだけなのだ。明らかに処理が追いついていないのである。

「ぜんぶ……ぜんぶあのボスのせいだ……！」

呪詛《じゅそ》のように低くつぶやき、アリナは一枚だけ別に置いていた受注書をめくった。

昼間、ガンズが受けたものである。ベルフラ地下遺跡の最深層に鎮座する階層《フロア》ボス、『ヘルフレイムドラゴン』の討伐。残業の理由はこいつにあると言っていい。

このボスが倒せず、地下遺跡の攻略が行き詰まっているのだ。全階層のボスを倒したダンジョンからは魔物が去って行くが、こいつが倒れないおかげでいつまでも魔物が寄ってくる。

そして魔物には冒険者が寄ってくる。ギルドが魔物討伐の報酬金――すなわち冒険者の収入源を出しているからだ。

ダンジョンの完全攻略が近づくと、冒険者たちは今のうちに稼げるだけ稼ごうと次々クエストを受注する。結果、今日のように昼間の受付所は大混雑、夜は大量の残務に追われるという地獄絵図が完成するのだ。

とはいえ大抵は数日も経《た》てば収束するのだが——今回はヘルフレイムドラゴンに手こずっているせいで、すでにこの地獄が一ヶ月近く続いていた。

「ぜんぶ……」

アリナは唇を噛《か》みしめた。

ベルフラ地下遺跡の攻略が行き詰まる前までは、アリナは確かに、平穏な受付嬢ライフを謳《おう》歌《か》していた。決められた業務をこなし、定時で帰って、おうちでぐっすり眠って疲れをとり、そして朝を迎え今日も一日頑張ろうと出勤していたはずなのだ。

しかしヘルフレイムドラゴンのせいで残業が発生してからは、食って寝て仕事して、食って寝て仕事するだけの殺伐とした日々に一転した。休日返上で仕事をしても、ボスがそこに鎮座している限り、この地獄は終わらない。

せっかく受付嬢という一生ものの安定職を手に入れたのに——この残業のせいで、何よりも求めた平穏な生活が遠のいていくのだ。

「……つらい……」

わかっている。アリナを苦しめるこの残業は、誰の悪意によるものでもない。ボスも、魔物も、殺到する冒険者も、みな必死に生きようとしているだけだ。

それに、かつて先人たちがこの地に遺《のこ》していった遺跡《ダンジョン》には、高価な遺物《レリック》だけでなく先人の貴重な知識や未知の技術がつまっている。冒険者の活動は回り回ってイフールの住人に還元され、その生活を豊かにするのだ。

事実、大都市イフールの発展は冒険者たちがその腕っ節一つで築いてきたもの。アリナはイフールの住人の一人として、日々危険なダンジョンに潜る彼らに感謝しなければならない。

――しかし、である。そんなものは言ってしまえば建前であって、結局はどんなに町が発展しようとも、アリナの残業が減ることはない。

「あぁ……もうだめ。限界」

ぼそり、と低くつぶやくと、アリナはおもむろに新しい受注書を取り出した。

地下遺跡が攻略されるまでの辛抱だと、アリナはこれまで必死に耐えてきた。

残業は言ってしまえば一時的なものだ。突然の嵐のようなもの。ダンジョンが完全攻略されさえすれば、嵐のあとの晴天のように、また平穏で安定した受付嬢の日々に戻ることができる。だからそれまでは頑張ろうと、アリナは今まで歯を食いしばり残業をこなしてきた。

でも――今回の残業地獄はあまりに長い。長すぎる。もう限界だ。

「どいつもこいつも……！　ボス一匹倒せない無能な冒険者共が……！！」

アリナはさらに制服のポケットに忍ばせていた一枚のカードを取り出す。黄金に輝くその分厚いカードは、受付嬢が持っているはずがない一級冒険者の証だ。

ギルドの中でも上位一割の実力者にしか認められないと言われる一級ライセンスは、残業をなくすための禁じられた最終手段。そのカードを使うことで、これからどんな未来が待っていようと関係なかった。目の前の残業が、消えるなら。

アリナは怒りのまま、受注書に書き込んでいく。

「こいつさえ。こいつさえいなくなれば……！」

〝ベルフラ地下遺跡、二層階層《フロア》ボス、『ヘルフレイムドラゴン』ソロ討伐〟

疲労で光を失っていたアリナの瞳に、にわかに輝きが戻った。いやその光はいっそ鋭くすらあり、翡翠《ひすい》色の双眸《そうぼう》に、まるで獲物を仕留めんとする捕食者のようなギラギラした殺意が覗《のぞ》く。

「――絶対、定時で帰ってやる……！」

3

かつてこのヘルカシア大陸には先人たちが住み、栄え、平和で豊かな生活を送っていた。

彼らはヘルカシア大陸に古くから伝わる〝神《ディア》〟の祝福を受け、高い技術や知識を持ち、今では想像もできないような高度文明の国を築いていたと言われている。神《ディア》の名をとり、

〝神の国《ディアニア》〟なんて呼ばれるほどだったという。

しかし彼らは、一夜にして忽然《こつぜん》と大陸から姿を消し、あっけなく滅んでしまった。先人たちがいなくなった大陸には魔物が湧き出て、平和で豊かな神の国《ディアニア》から一転、何者も侵入を許さない危険地帯と成り果てた。

二百年前、そんな危険な大陸に勇猛果敢に降り立ち、大陸の攻略を始めた者がいた。そう、魔物と戦い、遺跡《ダンジョン》に潜り、再び人間の町を築いた者。それこそが〝冒険者〟なのである。

「――って、なぁにが冒険者よ……ボスの一匹も倒せない有象無象のくせして……！」

ヘルカシア大陸の東、ベルフラの森の奥深く。そこに地下遺跡への入り口がぽっかりと口を開けている――ベルフラ地下遺跡だ。

ギルドから四人一組《パーティー》での参加を推奨されているA級ダンジョンの最深層を、しかしアリナは、たった一人でぶつぶつ恨み言を吐きながら歩いていた。

「こっちがどれほど……どれほど残業で苦しんでるかも知らないで……！」

先人の造った遺跡《ダンジョン》からは魔力を高めるといわれるエーテルが発生し、魔物はそれを求めて寄ってくる。結果、貴重な先人の知識を抱える遺跡《ダンジョン》は、危険な魔物の巣窟《そうくつ》となり果てるのだ。

「……残業なんてくそだ……」

アリナが目指すは階層の最奥《さいおう》。時折道脇に顔を覗《のぞ》かせるのは、二百年たった今も光を灯《とも》し続ける燭台《しょくだい》や、不思議な燐光《りんこう》の石を咥《くわ》えた崩れ落ちの装飾。そのどれもが先人たちの高い技術によって造られた貴重な遺物《レリック》で、持ち帰れば大量の通貨と交換できるのだが――アリナはそんな宝の山には一つも目をくれず、足早に歩を進めていた。

「……残業なんてくそだ……」

その格好はいつもの受付嬢の制服ではない。大きなフード付きの外套《がいとう》をかぶり、顔をすっぽり隠している。おまけに武器らしい武器も、身を守る防具もつけていなかった。もし他の冒険者が彼女の姿を見たら慌てて止めただろう。

しかしそこに、アリナ以外に人影はない。

階層の最奥《さいおう》、エーテルが最も濃くなる通称〝ボス部屋〟は、ボスの玉座だ。エーテルの濃い箇所をめぐって魔物同士が縄張り争いをした末、弱肉強食を勝ち抜いた一匹の魔物《ボス》が君臨すると、他の魔物は近寄らなくなる。同様に腕に自信のない冒険者もうかつには近寄らない。

「残業なんて――」

はたと、アリナは足を止めた。目の前に大きな扉が現れたからだ。濃厚なエーテルの気配がにじみ出るその重い扉を開けると、とたん、蒸し返すような熱気がアリナを包み込んだ。

そこは円形の巨大な広場だった。

かつては壮大な儀式が執り行われていたに違いない。しかし今、儀式場には巨大な火の竜が棲《す》みつき、雄叫《おたけ》びを上げて暴れ回っていた。

最深層の階層《フロア》ボス、ヘルフレイムドラゴンだ。

「くそ、なんて強さだ……！　近づくこともできねえのか！」

「氷の魔法も鱗《うろこ》ではじき返されるのかよ……！」

荒れ狂う火竜を前に、一つのパーティーが苦戦を強いられていた。彼らの防具には二対の剣が交差したそろいの紋章が刻まれている――《白銀の剣》のパーティーだ。そのなかには、クエストを受注した暴刃のガンズもいた。

「俺のバトルアックスがきかないだと……」

ガンズは、しかしクエストを受注した時の威勢は見る影もなく、呆然《ぼうぜん》と階層《フロア》ボスを見上げていた。遺物武器《レリックアルマ》である自慢のバトルアックスは大きく欠損し、猛《たけ》る火竜の鱗《うろこ》には傷一つない。

「諦めるなガンズ！　立て直せ！」

パーティーの防御を務める盾役《タンク》の青年が、大盾を構えてガンズを守りながら叱咤《しった》した。とはいえ状況は芳《かんば》しくないようで、盾役《タンク》の視線は苦々しげにヘルフレイムドラゴンに向く。

「遺物武器《レリックアルマ》すら通用しないこの強さ……こいつ、遺物《レリック》を食ったな……！」

より多く、より濃いエーテルを取り込んだ魔物はその分だけ強力になるが、ごく希《まれ》に遺物《レリック》を誤飲する魔物がいる。遺物《レリック》の持つ強烈な力に負けて絶命する魔物がほとんどだが、中にはその力に耐え抜き、逆に強靱《きょうじん》な肉体と魔力を手に入れる個体も存在するのだ。結果、エーテルを吸引した時とは比べものにならないほどの強化種となる。

「だ、だめだ、俺はもう……」

しかし、そうとわかってもあまりの衝撃にガンズは戦意のみならず自信までも喪失していた。ボス攻略には必要不可欠といえる前衛役《トップアタッカー》は、もはや立ち上がれそうにない。

その様子をみて、一瞬迷った盾役《タンク》の男だが、すぐに苦渋の決断をした。

「……状況が悪い。一旦引こう——って、あんた⁉」

撤退をはかろうとする精鋭パーティーを横切って、アリナはまっすぐにヘルフレイムドラゴンへと進んでいった。その姿を見つけた盾役《タンク》が血相を変える。

「ちょ、ちょっと何してるんだ！　そんな薄い防具で、黒焦げにな——」

「——スキル発動、〈巨神の破鎚《ディア・ブレイク》〉」

制止を遮り、アリナはぼそりとつぶやく。とたん、火竜に向かうその足下に白い魔法陣が浮かびあがり、不思議な白光が外套《がいとう》を包み込んだ。さらに手のひらを前に突き出して広げると、虚空《こくう》から巨大な大鎚《ウオーハンマー》が出現する。

「スキル⁉」

「いや待て、なんだあのスキル⁉　武器を生み出すなんて見たことがない——」

驚愕《きょうがく》する精鋭たちの声を背に、アリナは大鎚《ウオーハンマー》をつかみ、構えた。

その大鎚《ウオーハンマー》は実にアリナの背と同じほどある、巨大な武器だった。打撃部には高度な技術を要する繊細な銀細工が施され、その装飾一つ一つに白い光が走っている。巨大な打撃部の片方は鋭く尖《とが》ったツルハシ状で、より殺傷能力を増していた。

明らかに市場に多く流通されているような武器ではない。

「……お前か……このドラゴン糞野郎《くそ》……」

ぼそぼそ低くつぶやきながら、アリナはヘルフレイムドラゴンの前に立ち塞がった。持ち上げるのにも相当な腕力を求められるであろう大鎚《ウォーハンマー》を、アリナは軽々一振りして、肩に担《かつ》ぐ。およそその小柄な体で操るには不相応な武器だった。

ふと、その殺気に気づいたか、ヘルフレイムドラゴンがアリナを向く。アリナをひと飲みにできそうな巨大な口に、鋭い牙。口《くち》の端《は》からは灼熱《しゃくねつ》の炎がちらちらと噴き出し、鳴き声だけで吹き飛ばされそうだ。しかしアリナは、巨大な竜と相対しても、少しもひるまなかった。

グギャアアアアア!!

儀式場を震わせる咆哮《ほうこう》を上げ、ヘルフレイムドラゴンがぐわっと口を開けた。すべてを焼き尽くす火竜のブレス、〝ヘルフレイム〟の構えだ。

「お、おい、よけろ！　死にたいのかよ！」

「……お前が……いつまでも倒されないから……！」

ぎらり、とはじめてアリナは顔を上げた。

「私の残業地獄が終わらないんだよ！！！」

火竜がブレスを解き放った。わぁあ、とパーティーが慌てて散り散りになる中、アリナはむしろブレスに向かって大きく地を蹴った。

べき、と儀式場の石床にひびが入るほどの蹴り上げ。その人外の脚力によって、小柄な体は軽々と天井近くまで飛び上がり、噴き荒れる業火《ごうか》をかわす。

そして、巨大な大鎚《ウオーハンマー》を振りかぶり――

「死ねぇぇぇぇぇぇぇあああああ――――ッッ!!!」

終わらない残業を生み出し続ける魔物への、強い恨みと怒りのこもった叫びとともに、ヘルフレイムドラゴンの顔面にそれをぶち込んだ。

べごん! と痛々しく鈍い音が響き渡り、儀式場を大きく揺らす。その凄《すさ》まじい打撃は剣をもはじく硬い竜鱗《りゆうりん》を粉々に砕き、火竜の巨体を吹っ飛ばした。ヘルフレイムドラゴンはそのまま壁に叩《たた》きつけられ、大きく陥没させながら、床に滑り落ちてしばらくピクピク痙攣《けいれん》する。

「「「「…………へ?」」」」

静かになった儀式場に、唖然《あぜん》としたつぶやきが重なった。

それまでヘルフレイムドラゴンに一撃も有効打を当てられず苦戦していたパーティーは、誰もがぽかんと口を開け、その信じられない光景にただただ言葉を失った。

ヘルフレイムドラゴンと戦っていたのは、ただのパーティーではない。冒険者の中でも選《え》りすぐりの猛者《もさ》が集められた精鋭、《白銀の剣》のパーティーだ。その力をもってしても太刀打ちできなかったボスを、見知らぬ小さな冒険者が一撃で吹き飛ばすなどありえないのである。

しかしアリナは、そんな凍りついた空気など気にもかけず、さらにヘルフレイムドラゴンへと追随し、痙攣《けいれん》している魔物へ、容赦なく大鎚《ウォーハンマー》を叩《たた》き降ろす。

「お前の！　せいで！　残業が終わらないんだよ！」

フードで隠された口から、怒りの叫びが上がる。ずがん！　どごん！　と痛々しい音が響き渡るたび、巨大な火竜はまるでおもちゃのように、右へ左へ跳ね返る。

「私だって！　残業なんか！　やりたかないわ！」

叩《たた》き落とされた大鎚《ウォーハンマー》がヘルフレイムドラゴンの角を折った。いや、ほとんど原形をとどめていないところを見るに、粉砕したといった方が正しい。

「いい加減定時で帰りたいんだよ！　この――」

一方的にヘルフレイムドラゴンをたこ殴りにしたアリナは、トドメとばかり腰を低く落とし、力をため、大鎚《ウォーハンマー》を振りかぶった。その大鎚《ウォーハンマー》から、スキルの光が一際《ひときわ》強く放たれる。

「――くそったれぇぇえええええ！！！」

トドメの一撃はボスの腹をぶち抜いた。ヘルフレイムドラゴンは思わずのけぞり、悲痛な断末魔の叫びを上げる。やがてぐったり頭を落とすと、その目からは光が失われていき、瞬間、細かな塵《ちり》となって霧散した。

沈黙。

その場にいる誰もが言葉を失い、すっかり静寂だけが支配する儀式場に、ふいにごとりと重い音が響いた。ヘルフレイムドラゴンが消えたそこに赤い水晶が転がったのだ。太陽を模した特徴的な魔法陣を内包した赤水晶《レッドオーブ》は、ヘルフレイムドラゴンが誤飲した遺物《レリック》だろう。

しかし、その貴重なアイテムを気にかける者など、一人もいなかった。全ての視線は、フードで顔を隠した小柄な冒険者に注がれた。

人外とすら言える怪力を目の当《ま》たり《あ》にした彼らは、今まで自分たちが苦戦していたのは何だったのだろうと——そう胸の中でつぶやいて、ただただ立ち尽くすしかなかったのだ。

＊＊＊

《白銀の剣》の盾役《タンク》を務めるジェイド・スクレイドは、愛用の遺物武器《レリックアルマ》である大盾を構えた格好のまま、呆然《ぼうぜん》と目の前の光景を眺めていた。

視線の先、外套《がいとう》で顔を隠した小柄な冒険者は、ヘルフレイムドラゴンを一方的に殴り倒した離れ業を誇るでも、転がる遺物《レリック》に興味を示すでもなく、物足りなさそうに鼻をならして腕をふるだけだった。虚空《こくう》から現れた見たこともない大鎚《ウォーハンマー》は、音もなく消えた。

とにかく何から何まで、ジェイドはその現実を理解できなかった。

「……嘘《うそ》……だろ……」

ようやくひねり出したのがその言葉だ。

ジェイドは《白銀の剣》の盾役《タンク》として、常に最前線でダンジョン攻略にあたってきた。敵の攻撃を一身に受けて仲間を守るだけでなく、司令塔を担《にな》い戦いを指揮してきた。これまでに多くの強者と共闘し、その一人一人の力を、誰よりも把握してきたつもりだ。だがそのジェイドでも、目の前の冒険者が繰り出した、その圧倒的な攻撃力は一度も見たことがなかった。

「……しょ……〝処刑人〟……」

ぽつり、とガンズがつぶやいた。

「……処刑人？」

「知らないのか。攻略が行き詰まっている難関ダンジョンにふらりと現れては、ボスをソ、、ロ討伐して強引に完全攻略を果たす、謎の冒険者の都市伝説……！」

「ソ……ソロ討伐⁉」

冒険者は普通、四人一組で連携し魔物と戦う。防御に特化した盾役《タンク》が敵を引きつけ、仲間の負傷を回復役《ヒーラー》が癒やし、近接武器を持つ前衛役《トップアタッカー》がメイン攻撃役《アタッカー》として特攻し、魔法を扱う後衛役《バックアタッカー》が特攻の道を切り開いて攻撃を支援する。

多すぎず少なすぎず、狭いダンジョン内で強敵と戦い勝利するために、二百年の長い歴史の中で試行錯誤されたどり着いた、最も効率的な陣容だ。

ましてや階層内の最上位魔物である階層《フロア》ボスが相手ともなれば、回復役《ヒーラー》や盾役《タンク》をそろえるのは必然。ソロ討伐など無謀もいいところである。

だが、ジェイドは確かに、目の前で見てしまった。たった一人の大鎚《ウォーハンマー》を持った前衛役《トップアタッカー》が、ボスと真正面から相対し、誰の手も借りずに一方的に倒してしまったその様を。

「……」

ジェイドは改めてその〝処刑人〟とやらに目を向けた。

正体不明の冒険者は、しかし精鋭たちの困惑など気にもとめず、さらさらと散っていくヘルフレイムドラゴンの塵《ちり》を眺めながらぼそりとつぶやいた。

「これで明日から定時で帰れるはず……」

そうしてくるりときびすを返し、ジェイドの脇を通ってまっすぐ儀式場の扉に向かう。

「！」

すれ違いざまにふわりとマントが触れた。その瞬間、ジェイドの、他人より少し良くできている目は、ふと〝処刑人〟のフードの奥の顔を見てしまった。

それは歴戦の猛者《もさ》を思わせる男でもなければ、死に神のような処刑人でもない。

ただの疲れた顔をした、人間の少女だったのだ。

4

「それではいってらっしゃいませ！」

クエストカウンターに立つアリナは、書き込まれたクエスト受注書を確認し、百点満点の笑顔で冒険者を送り出した。カウンターの向こうに受注を待つ冒険者の列はない。おかげで事務処理を後回しにすることなく、その場で手早く済ませる余裕もある。

ベルフラ地下遺跡が攻略された、その翌日。嵐のように押し寄せていた冒険者たちは嘘《うそ》のようにいなくなり、すっかり落ち着きを取り戻したイフール・カウンターを、アリナは見渡した。

高い天井に施された天窓からは陽光が差し込み、広いロビーを照らし出す。壁一面を使った巨大なクエストボードの前には冒険者たちが集まり、あるいは真剣にクエストを選び、あるいは盛んに情報交換をしている。先人の技術を元に開発された最新のクエストボードは、絶えず自動的に依頼《クエスト》が更新され、いつでも最新情報が確認できる優れものだ。

アリナの望んだ風景がそこにあった。

がしかし、アリナは受注を待つ冒険者がいないと確認するや、窓口に「離席中」の札を立て、そそくさと奥に引っ込む。

「また……やってしまった……」

休憩用の椅子に腰をおろしたアリナは、あまりの己の愚かさに両手で顔を覆った。

「あぁぁまたやっちゃったあぁぁぁ……」

力ない声が口から漏れる。のそりと顔を上げると、その視線は摑《つか》んだ一枚の紙へと向いた。

ギルドが発行した捜索依頼書だ。

この依頼書は今朝早くから大都市イフールにある全受付所に配られ、とある冒険者を探してほしいという依頼がイフール中に出回っていた。対象者は小柄な冒険者で、外套《がいとう》に身を包み、顔と性別は不明。武器は巨大な銀の大鎚《ウオーハンマー》。名前は――〝処刑人〟。

「私は……馬鹿か……」

アリナはがくりと再びうなだれた。

ベルフラ地下遺跡攻略後、確かにクエスト受注数は減った。おそらく数日中にはたまっていた仕事も片付いて、定時で帰れるようになるのだろう――しかし。その代償とばかり、「ヘルフレイムドラゴンをソロ討伐した〝処刑人〟」が冒険者の中で瞬《また》く間《ま》に噂《うわさ》となり、それぱかりかギルドが《白銀の剣》の攻撃役《アタツカー》に任命しようと探し始めたのである。

今回の長すぎる残業地獄に耐えかね、完全に我を忘れた結果がこれだった。

「……」

アリナはポケットの中に隠し持っていた金色のライセンスカードをちらりとなぞる。

受付嬢であるアリナがなぜこんなものを持っているのか――答えは一つだ。残業の原因となるボスをぶっ飛ばしてダンジョンを攻略し、力尽くで残業を解消するためである。

この一級ライセンスカードがなければ高難易度ダンジョンのクエスト受注はもちろん、ソロでのボス討伐が許されないので、偽名でつくったのだ。

(……まあ決定的なとこは見られてないはず……だって一応顔隠してたし。大丈夫大丈夫)

言い聞かせつつも、アリナはその捜索依頼書に重いため息をぶつける。

すでに《白銀の剣》には暴刃のガンズという前衛役《トップアタッカー》がいるのだが、にも拘《かかわ》らず同じポジションである大鎚《ウォーハンマー》使いを血眼になって探しているのは、理由がある。

「――〝暴刃のガンズ〟、引退かぁ」

ふと二人の若い冒険者の会話が聞こえてきた。彼らは受付所の片隅で新聞を広げ、しみじみと紙面をのぞき込んでいる。

「治癒不能の負傷により引退……よっぽどひどい戦いだったんだろうな。こういうの聞くと、俺はいつまでちゃんと冒険者でいられるのかと不安になるよ……」

「そうか？　俺はこのチャンスに《白銀の剣》、目指しちゃおうかな！」

「やめとけやめとけ、あそこは超域《シグルス》スキル持ちの化け物ばっかりなんだぜ」

「でも夢があるだろ。大都市イフールの一等地に住めて、馬鹿みたいに金稼げて、ジェイドさんみたいに女の子にモテまくって……」

「そもそも二級以上のライセンスがなきゃ門前払いじゃん。お前はまずそのぺらっぺらの四級ライセンスをどうにかしてからだな――」

「はいはい、説教はいいから……それよりこいつだよこいつ！　〝処刑人〟！」

若い冒険者の言葉に、ぎく、とアリナは一瞬身を強ばらせた。

冒険者は顔を輝かせて紙面を指さすや、うっとりと〝処刑人〟に思いを馳《は》せる。

「《白銀の剣》ですら手こずるボスを一撃だぜ？　かっけーよなー。何者なんだろうなぁ」

「処刑人って、噂《うわさ》じゃ今までも何度か聞いてたけど、まさか本当にいるとは思わなかったよ」

「でも《白銀の剣》のジェイドさんが言うんだぜ、間違いないよ」

「ま、ギルドも探索班と情報班の総出で処刑人を探してるみたいだし、すぐ見つけるだろ」

「あー、はやく見つけてくんねーかなー！　どんな奴なのか見てみたいんだよな――」

アリナは苦々しくため息をついて、それ以上盗み聞きするのをやめた。

《白銀の剣》だと？　とんでもない。こちとら、バレるわけにはいかないのだ。

アリナは拳を握り締め、ごくりと生唾を飲み込んだ。

そう、バレるわけにはいかない――なぜなら、受付嬢は副業禁止だから、だ。

受付嬢はいついかなる時も迅速かつ最善の状態でクエスト受注業務に当たらなければならない。冒険者を兼業するなんてもってのほかで、ライセンスカードを偽名で作りボスを討伐していたなどとバレたら、一発クビは間違いない。

残業が発生すると一定期間は地獄と化すとはいえ、職と給与が約束された受付嬢の魅力は果てしない。いや、逆を言えば、定時で帰れる時期ならばほとんど天国と言っていい。手厚い福利、安定した稼ぎ、立てやすい未来設計。

それをして冒険者なんてどうだ。武具はすぐに壊れて金がかさむし、冒険者に〝定時〟の概念はなく、昼夜問わず魔物を追いかけ回す。どんな大怪我《けが》をしようと治療は実費。足でももげようものならもう冒険者としてはやっていけず、離職は免《まぬが》れないだろう。稼ぎは不安定で、いつ路頭に迷うかもわからない恐怖が付《つ》き纏《まと》う。

（なにより……受付嬢は……死ぬまで仕事に困らない唯一の〝終身雇用職〟……！）

たとえ冒険者という不安定な職を避けたとしても、この社会は冷たく不条理だ。経営が立ちゆかなくなって解散、成績不振でクビ、雇用主が給料未払いのまま夜逃げ、なんてこともあり得る世界である。自分の明日を保証してくれる職などそうそうない。

それをして受付嬢は公務。受付嬢の仕事は絶対になくならないし、成績が悪くてもクビにならないし、任命権者である冒険者ギルドはこの町を造る根幹。夜逃げするなどありえない。明日の生活を保証してくれ、一生給料を払い続けてくれる職業――それが受付嬢なのである。

（そうよ……だから私は受付嬢になった……！）

終身雇用と言える職は、全職業を見渡しても受付嬢くらいなものである。

それに、残業が辛《つら》いのはきっと今だけだ。そのうち後輩がたくさん増えて、アリナが担当している煩わしい業務を任せていけば残業に振り回されるようなこともなくなる。その日まで耐え抜けば、あとは一生涯の安定とともに理想の受付嬢ライフを送れるのだ。

（こんなくだらないことで……受付嬢人生を終わらせるわけにはいかない……！）

ぐしゃ、と捜索依頼書を握り潰し、アリナはかたく決意した。

5

ベルフラ地下遺跡が攻略されて一ヶ月後。大都市イフールにある闘技場では、冒険者たちによる闘技大会が開かれていた。

ジェイドは歓声が上がる観覧席の最前列で、じっと目の前の試合を観察する。

その視線の先。多くの注目の中、舞台で剣をふるうのは勇猛な女剣士である。対するは二倍の体格はある巨漢だが、彼女はむしろ巨漢を圧倒していた。

「スキル発動！〈英雄の咆哮《シグルス・ロア》〉！」

女剣士が叫ぶと、その体を包む赤い光が一際《ひときわ》強く輝いた。同時にふるった剣が、斬り結んでいた巨漢の体を難なく後ろに吹き飛ばす。女性の力とは思えない怪力だ。

「くっ……！　スキル発動、〈筋力増強《レギン・オーバー》〉！」

このままでは劣勢とみた巨漢が勝負に出た。力をため、己のスキル〈筋力増強《レギン・オーバー》〉の力を最大限まで解放させた。体から青い光を放ちながら、女剣士へ斬りかかる。

ぎぃん！　激しく火花とスキルの光を散らしながら、両者が激突する。赤と青の光が交錯し、闘技場をびりりと震わすほどの衝撃が駆け抜けて――

「がぁ！」

吹き飛んだのは巨漢の方だった。

しかしそれも当然だった。巨漢の持つ青い光は、人間の能力限界を超えることができない〝人域《レギン》スキル〟。対して女剣士の発揮したスキルは、人間の能力限界を突破させる〝超域《シグルス》スキル〟。真っ向から力比べなどしたら、超域《シグルス》スキルには逆立ちしても勝てないだろう。

「……うーん、違うな」

最大の盛り上がりを見せる観客席で、しかしジェイドは難しい表情をつくった。

「確かに怪力系のスキルだけど、あの冒険者の力はあんなもんじゃなかった……」

「そんな馬鹿な。彼女ほど有名な怪力系スキルの女冒険者なんて、他にいませんよ」

歓声に負けないよう、隣で声を張り上げたのは闘技大会の主催者だ。

「でも、違うんだ。髪の色も顔も違うし」

「旦那、こう言っちゃなんですが、夢でも見たんじゃないですか。いくら怪力系のスキル使いでも、遺物《レリック》を取り込んだ階層《フロア》ボスを一方的に叩《たた》きのめすなんて、超域《シグルス》スキルをもってしたって無理でさぁ。まして長いこと討伐に苦労していたあのヘルフレイムドラゴンですぜ？」

「そうなのですよ、ジェイド」

横から声をかけたのは、白魔道士の純白のローブを着た、おかっぱ頭の少女だ。

「そもそも女の子の大鎚《ウォーハンマー》使いなんて聞いたことがないのです。男の人ですら扱いに苦労するものだし、ていうかそもそもジェイドは、こんなところで油を売っている場合じゃないのです！」

ぴしゃりとジェイドを叱りつけた少女——ルルリ・アシュフォードは、そのしっかり者の言葉とは裏腹にずいぶんと可愛《かわい》らしい姿をしていた。

声色は幼く、背は低く、持っている魔杖《ロッド》の方が大きいくらいだ。加えてくりくりした愛らしい瞳と切りそろえた前髪のせいで、外見は完全に幼女のそれだが——こう見えてルルリはギルドの精鋭《白銀の剣》の回復役《ヒーラー》を務める一流冒険者だ。

そのあどけない姿からは想像もつかない圧倒的な魔力量と超域《シグルス》スキルをもち、いまや難関ダンジョン攻略に欠かせない一人となっている。

「でもルルリ、見ただろお前も。あの威力は夢じゃない」

「そうですが、探すには手がかりが少なすぎるのです。確かに小柄だったけど、女の子である確信はないし、それにソロ討伐の受注履歴も、男の人の名前だったのです」

地下遺跡攻略から一ヶ月、ギルドが〝処刑人〟を探す傍《かたわ》ら、ジェイドもまた、あの大鎚《ウォーハンマー》使いを個人的に探していた。ルルリだけが律儀《りちぎ》に付き合ってくれている。

「いや、女の子だ。俺が見たのは黒髪に翡翠《ひすい》色の瞳の、まだ若い女の子だった」

きっぱり言い切ったその情報を、ジェイドはギルドには教えていなかった。情報として不確かということもあるが、ギルドより先に見つけたかったという気持ちの方が強い。

「ジェイド。ギルドから新しいクエストも来てるし、こんなことしてないでそろそろちゃんと攻撃役《アタッカー》を探さないとまずいのです。白銀のリーダーならしゃんとするのです！」

「……まあそうなんだけどさぁ……」

反論の余地もないルルリの説教に、ジェイドは頭をかいた。

ガンズが《白銀の剣》を抜けた今、新しい前衛役《トップアタッカー》の選抜が最優先であることはわかっていた。手がかりのない大鎚使い《ウオーハンマー》の捜索に、時間を割いている場合ではないのである。

しかしジェイドは、ダンジョンの奥で一目見たその時から、あの不思議な大鎚使い《ウオーハンマー》の少女に強く惹《ひ》かれていた。どうしても彼女を、自分の手で見つけたかった。

とはいえ女性冒険者の登録情報を片っ端からあさり、有能な情報屋に金を積んでも、手がかりといえるものは全くつかめないでいた。もはやジェイドが見たあの少女は見間違いで、〝女の大鎚使い《ウオーハンマー》〟は存在しないと言ってしまった方が正しいような気もしてくる。

「……そうだな。明日からは、ちゃんと前衛役《トップアタッカー》候補を選ぶか」

気乗りしない返事だけして、ジェイドは闘技場をあとにした。

血気盛んな闘技場から離れ、一転して平和な喧騒《けんそう》に包まれるイフールの大通り。その賑《にぎ》やかな通りを歩きながら、ジェイドは一ヶ月前の記憶をたどる。凄《すさ》まじい攻撃力とは裏腹に、可愛《かわい》らしい顔つきの少女。〝処刑人《レギン》〟なんて呼び名は似つかわしくない気がした。

そして超域《シグルス》スキルにも人域スキルにもない不思議な白光と、武器を生み出したあのスキル。

間違いなく、彼女は未知の力を持っている。

「〝神域《ディア》スキル〟……？　いやまさか……」

一瞬、古い文献でしか存在が確認されていない幻のスキルの存在が脳裏をよぎる。

神域《ディア》スキル――かつて先人が〝神の祝福〟と称して使っていた力だ。

その力は超域《シグルス》スキルをさらに凌駕《りょうが》するとされ、かつてのヘルカシア大陸を神の国《ディアニア》と言われるほどに栄えさせた力である。とはいえその神域《ディア》スキルも先人が滅んだと同時に消失し、現状では神域《ディア》スキルにはるかに及ばない超域《シグルス》スキルが、最強クラスのスキルとなっている。

仮に彼女が神域《ディア》スキルの使い手ならば、あの見たこともない怪力にも納得いくのだが。

「でも、もしそんなスキルを持った冒険者だったら、もっと噂《うわさ》になっていいはずだよな……」

ぼそぼそ一人つぶやきながら、ジェイドは腰のポーチから赤水晶《レッドオーブ》を取り出した。昼の陽光を吸い込んで美しくきらめき、一体どのような技術を用いたのか、中には太陽を模した魔法陣が閉じ込められている。ヘルフレイムドラゴンが誤飲した遺物《レリック》だ。

（あの大鎚《ウォーハンマー》使いの子、遺物《レリック》には全っ然興味なさそうだったな……）

先人は自らの造り遺《のこ》していったものに、必ず太陽を模した魔法陣を刻み込んだ。八方位全てを突き刺すように広がる陽光の魔法陣は、〝神《ディア》〟を象徴しているらしい。そのため、遺物《レリック》や遺物武器《レリックアルマ》に見られるその太陽の魔法陣は総じて〝神《ディア》の印〟と呼ばれている。

その紋様通り、彼らの技術がつまった遺物《レリック》はどれも現状の技術では実現しえない性能を持ち、いずれも高額で売ることができる。冒険者だったら一も二もなく飛びつく代物だが、処刑人の目的はボスの討伐そのものにあるように思えた。理由はわからないがヘルフレイムドラゴンに相当怒っていたし。

何はともあれ、遺物《レリック》は金の足しになる。この宝を受け取るべきは、あの処刑人なのだ。

「……」

ジェイドは赤く輝くオーブをじっと見つめた。フードの奥に見えた彼女の顔が、目に焼き付いて離れなかった。未知の力を持った大鎚《ウォーハンマー》使いとして確かに興味もあるが、それとは全く別に、なぜかもう一度会いたかった。どうしてか強く惹《ひ》かれた。

（絶対見つけるぞ……絶対）

強く決意し、赤水晶《レッドオーブ》をポーチにしまった——その時だ。

ふわり、と艶《つや》やかな長い黒髪をゆらし、一人の少女がジェイドの目の前を横切った。

「！」

は、とジェイドは息を吞んだ。思わず足が止まり、全世界の音が消失したかのような錯覚に襲われる。

すれ違う瞬間、黒髪の少女の、きれいな翡翠《ひすい》色の瞳が見えたのだ。

「……!!」

言葉を失った。

それまで脳内を埋め尽くしていた全ての思考が吹き飛び、視線は少女の瞳に釘付《くぎづ》けになった。

――間違いない。

少女の横顔は、記憶の中の大鎚《ウォーハンマー》使いと一致した。瞬間、ジェイドは弾《はじ》かれたように走り出し、人混みをかき分けて少女を追っていた。人の中に埋もれそうな華奢《きやしや》な背中が見える。その背中で揺れる長い黒髪。探し続けた大鎚《ウォーハンマー》使い。

ここで逃がすわけにいかなかった。

「待て……ッ!!」

無我夢中で追いかけ、ようやく混雑する表通りを抜けて、少女に追いつこうとした時――

「……え?」

その後ろ姿を見て、ジェイドは思わず足を止めた。

コツ、コツと、石畳を打ち鳴らすショートブーツ。ふわりと広がる膝丈の黒スカートに、胸元へ冒険者ギルドの紋章が刺繍《ししゆう》された白ブラウス。細いリボンを首元で結んだその可愛《かわい》らしい格好は、大鎚《ウォーハンマー》を背負う気配など微塵《みじん》もない。

「な……」

しばしジェイドは、唖然《あぜん》と口を開け、その華奢《きゃしゃ》な少女が入っていった建物——大都市イフールで最も大きな受付所、イフール・カウンターの看板を見上げて固まった。

「…………う、受付嬢!?」

そう、彼女が着ていたのは、ギルドが支給する受付嬢の制服だったのだ。

6

イフール・カウンターに、一人の男が飛び込んできた。

男は受付所に入ってくるなりまっすぐロビーをつっきって、足早に窓口を目指す。同時に、賑《にぎ》やかだったロビーに静寂が広がっていった。男の存在に気づいた冒険者から、次々目を見開きぽかんと口を開けて、言葉をなくしていったのだ。

「……?」

アリナが怪訝《けげん》に首をひねった時、全ての注目を集めたその男が、ぬっと窓口に顔を出した。

「よ」

かがみ込むようにして窓口に現れたのは、背の高い青年の冒険者だった。

窓口も受付嬢も他にいくらでもあるのに、明らかにアリナを指定するその彼は、銀の髪に整った爽やかな顔立ちをしていた。背中に背負う大盾は、神の印《ディア》が刻まれた遺物武器《レリックアルマ》で、腰に差した長剣や身につけている防具はどれも一級品。加えて屈強な頼もしい体つきが、彼を一流の盾役《タンク》であることを物語っている。

――いや、彼の顔を一目見て、その名前が浮かばない者はいないだろう。

〝超域《シグルス》スキル三つ持ち〟を冒険者の中で初めて成した化け物でありながら、その整った顔で多くの女性の心をもわしづかみにし、ギルド最強の盾役《タンク》と言われる一級冒険者。

齢《よわい》十九にして、ギルドの精鋭《白銀の剣》のリーダーを務める、ジェイド・スクレイドだ。

（げ……げえええええッツ）

ジェイドと目が合った瞬間、アリナは、あまりに唐突に現れた存在に硬直し、とっさにいつもの「いらっしゃいませ」の挨拶も出てこなかった。

《白銀の剣》。つまり、一ヶ月前にアリナがヘルフレイムドラゴンをボコボコにした様を見ていた冒険者の一人。

なんでこいつがここに来る？　もう精鋭パーティーが受注するようなクエストはないはずだ。バレた？　いやまさか。顔を隠していたし、受注は偽名だし、なんなら一級冒険者のライセンスカードだって偽名だ。受付嬢アリナ・クローバーに辿《たど》り着《つ》く痕跡などないはずだ――

「ジェイド様！」

しかしそこで、混乱するアリナの前に救世主が現れた。ジェイドが窓口に現れた瞬間、別の窓口に立っていたはずの受付嬢がものすごい勢いでアリナを吹き飛ばし、強引にジェイドの前へ進み出たのだ。

男なら誰もが振り向く美しい顔立ちに加え、制服のシャツの隙間から豊満な胸の谷間をチラ見せできる自慢のスタイル。イフール・カウンターでは一番人気を誇る受付嬢、スーリだ。

同じ《白銀の剣》でもおっさんのガンズには見向きもしなかったスーリは、長いまつげをばさばささせて青い瞳をきらめかせながら、イケメン冒険者と名高いジェイドを見上げた。

「いかがいたしましたか。《白銀の剣》を率いるジェイド様ともあろう方が、自らこのような場所に出向くなど」

スーリの前のめりの勢いに、ジェイドは一瞬ひるんだようだが、すぐに気を取り直してアリナを探し始める。

「ちょっと用があってさ。なあ、さっきそこにいた黒髪の――」

「クエスト受注でしたらこのスーリになんなりとお申し付けください」

「あー、いや、そうじゃなくて」

ジェイドの視線はスーリを通り過ぎ、きょろきょろとカウンターの中を探る。

「あの、あそこの、受付嬢の人」

「……？」

スーリが不機嫌に眉をひそめ、ジェイドの指をさした方を振り向いた。こっそりその場から逃げようとしていたアリナは、ぎくりとして慌てて背を向ける。

「……アリナ・クローバーはまだ受付嬢としてはいささか未熟でございます。白銀様のクエスト受注ともなれば私が――」

「クエスト受注じゃないんだ。そのアリナって受付嬢と二人で話がしたくて」

「……アリナと……二人で……ですか？」

「ああ」

「……。承知いたしました」

仕方なく、スーリがアリナを呼び、諦めて持ち場に戻った。途中、ものすごい剣幕で睨《にら》みつけられたような気がするがおそらく気のせいだろう。

「……」

最悪だ。アリナは苦々しく表情を歪《ゆが》めながらも、窓口に立った。

「……いかがいたしましたか」

死ぬほど話したくない相手だったが、相手はギルドの精鋭《白銀の剣》のリーダーだ。ギルド内の地位としては幹部と同列にあるといっていい。失礼のないように笑顔を取り繕いながら、アリナはうつむきがちにたずねた。

「一つ聞きたいことがあるんだ」

「クエスト受注でしたら、なんなりとお申し付けください」

「一ヶ月前、地下遺跡ですげえ強い大鎚《ウォーハンマー》使いを見てさ」

「噂《うわさ》の大鎚《ウォーハンマー》使いですね」

「実はあれからずっと探してるんだ。——心当たり、あるだろ？」

「申し訳ございませんが、私にはそのような冒険者には心当たりがございません。よろしければ他の受付嬢にも聞いてきましょう」

そう言ってうまくその場から逃げようとしたアリナの足は、しかし続くジェイドの言葉に、ぴたりと止まることとなる。

「俺さ、目とか鼻とかよくてさ。暗い場所でも結構見えるんだ」

は、とアリナは息を呑んだ。

「だから顔もしっかり見えたんだ、アリナ・クローバーさん。大鎚《ウォーハンマー》を振り回していたのは確かに、黒髪にきれいな翡翠《ひすい》色の目をした女の子だった」

ついにアリナは言葉を失った。

黒髪に翡翠《ひすい》色の瞳。母親譲りのその特徴は、確かにこのイフール・カウンターにおいてアリナしか持ち合わせていない。

「……。そうですか」

かろうじて答え、ゆっくりとジェイドに向き直る。アリナに向いた彼のまっすぐな瞳を、アリナも真っ向から見つめ返した。しばし静寂が窓口を支配し、二人の視線が強く絡《から》み合《あ》う。

ジェイドは、もう確信しているようだった。——この目の前の少女こそが処刑人だと。

（……やっっっっっっっぱああああああああ…………！！！）

アリナは静かな表情の裏で冷や汗を滝のように流していた。一瞬視界がぐらつき地に吸い込まれそうなめまいが襲う。

嘘《うそ》だよ、冗談だよ、と瞬間脳内では誰に向けるわけでもない言い訳大会が始まる。だってフードで顔隠してたもん、ダンジョンの中けっこう暗かったもん、見えるわけないもん——

しかし何を言っても後の祭りだ。後悔しても遅かった。

理由がどうであれ受付嬢は副業禁止だ。無論、冒険者を兼業するなどもってのほか。

（お……っ、終わる……私の……っ！　受付嬢人生が、終わる……ッッ！！！）

ごくりと生唾を飲み込んだアリナの脳裏に、走馬灯のようにこれまでの人生がかけめぐった。短い間だったけど私の人生にささやかな安定と安心をもたらしてくれた。思い返すと残業ばっかりしてあんまりいい思い出はない気がしないでもないけどまあ常に死と離職との隣り合わせな冒険者なんかになるより数百倍マシだったと言える——

（……いや）

諦め、光を失いかけていたアリナの瞳に、にわかに炎が燃え上がった。

まだだ。ようやく手に入れた安定と安心のポジション。こんなところで諦めてなるものか。

「いやぁ、冒険者のどこ探しても見つからないわけだよ」

アリナが長い葛藤をしている間、ジェイドはアリナとは対照的に、無邪気な子供のように頰を紅潮させ、とても嬉《うれ》しそうに笑った。
「まさか受付嬢だなんて思わないよな——あ、そういえばこれ、渡そうと思ったんだ！　戦利
品として受け取ってくれ」
　どうやらこの男は、己の言動により目の前の受付嬢に人生最大の危機をもたらしていること
を自覚していないらしい。鈍色の瞳をきらきら輝かせながら、ジェイドは赤水晶《レッドオーブ》をカウンター
に置いた。神《ディア》の印を閉じ込めた遺物《レリック》は、ヘルフレイムドラゴンの腹の中にでもあったものだろ
うか。アリナはその赤水晶《レッドオーブ》を一瞥《いちべつ》するが、今はそんな赤い玉のことなどどうでもよい。
「……白銀さま」
　アリナは細く長く、息を吐いた。むりやり心を落ち着かせ、ゆっくりと口を開いた。
「私はいま受注業務中でございます。からかいならお引き取りください」
「え？　いやからかいじゃなくて本当に——」
「白銀さま」
　おもむろに、アリナはその、カウンターに置かれた赤水晶《レッドオーブ》を手に取った。
「遺物《レリック》は、先人の知識と技術の結晶。基本どの遺物《レリック》も、その耐久力と強度は現状のどの物質に
も勝ると言われています」
「？　ああ。そうだな、だから遺物《レリック》の武器って強いわけで——」
「ふん！」

めきゃ、と小さく音がして、アリナが握り締めると、到底人力ではひびも入りそうにない赤水晶《レッドオーブ》が、無残に砕け散った。その破片が、ジェイドの足下にころりと転がる。

「…………………………」

それまで嬉《うれ》しそうに笑っていたジェイドの笑顔が、一転して凍りついた。

「れ……れれれれれりっくをにぎりつぶし……!?」

ギルド最強の盾役《タンク》として、遺物武器《レリックアルマ》の大盾を使いこれまで多くの魔物の攻撃をしのいできた彼だからこそ、よくわかるのだろう。

遺物《レリック》を片手で握り潰すなどという所業が、いかに人間離れした力によるものか。

微妙にかたかた震えながら顔面を蒼白《そうはく》にしていくジェイドに、アリナはにこりといつも通りの接客用笑顔を向ける。周りにはギリギリ聞こえない小さな声で、小首をかしげて言った。

「私は受付嬢として平穏に暮らしたいだけなの」

「……え……あ……はい……」

「それを邪魔するなら許さない。精鋭だかなんだか知らないけど、あのクソドラゴンみたいに腹をぶち開けられたくなかったら消えなさい。そして二度と私の前に現れるな」

「…………………………」

先ほどまでの接客用の高い声から一転、地獄の底からひねり出したような低く冷たいアリナの脅しに、ジェイドはもはや二の句も継げず、立ち尽くした。

彼はしばらくそうして壊れた人形のように口を開けたり閉じたりしながら、足下に転がる遺《レリ》物《ツク》の欠片《かけら》と、アリナの全く笑っていない笑顔とを交互に見る。

「わかった？」

「わ、か、っ、た？」

「…………………………」

「………………………はい」

しかしアリナの笑顔の裏に凄《すさ》まじい殺気を感じとったようで、ジェイドはますます顔面を白くさせると、やがて小さな声でそうつぶやき、すごすごと窓口を去って行ったのだった。

7

夕暮れに染まる大都市イフールの町並みを眺めながら、アリナは胸いっぱいに夕時の空気を吸い込んだ。

（ああ、定時に帰れるってすばらしい……！）

まだ陽が沈む前に帰れる幸せを嚙《か》みしめながら、足取りも軽く自宅を目指す――はずだったがしかし、そんなささやかなアリナの幸せは、歩き始めてわずか数歩で、もろくも崩れ去ったのである。

「よ」

魔法灯が照らしはじめた通りの道脇に、ジェイド・スクレイドが懲りもせず、アリナを待ち構えていたのだ。

「…………………」

アリナは顔をひきつらせた。周囲の目はもちろん、白銀のリーダーでありギルド最強盾役《タンク》として名を馳《は》せるジェイドにちらちら向いており、その男が話しかけた相手として、アリナにも好奇の視線が刺さり始める。

（何してくれてんだこの男ォ……！）

自分が有名人であることを一切自覚していないようであるジェイドのあまりに不用意な行動に、思わずアリナは拳をふるわせながらも、なんとか笑顔を取り繕った。

「いかがいたしましたか、白銀さま」

アリナはまだ受付嬢の制服を着ている身だ。ギルドでいっぱしの地位を持つ男を相手に、うかつな態度をとるわけにいかなかった。いつも通りの営業スマイルを向けると、ジェイドはなぜか少し怯《おび》えたように冷や汗を垂らし、それでもむりやり口《くち》の端《は》を吊り上げた。

「悪いな仕事終わりに。どうしても話したいことがあってさ」

「クエスト受注の件ですね。申し訳ございませんがイフール・カウンターの本日の受付時間は終了しております。では」

表情こそ笑顔だが、その声には一切の感情がなく、業務的な返事を一方的に言い放ってアリナはくるりと背を向けた。

「ちょ、ちょっと待てっ」

しかし慌てたジェイドがとっさにアリナの腕をつかんで止めた。アリナは反射で腕を振り払おうとしたが、しかし腕がピクリとも動かない。

「……！　これは……スキル？」

ジェイドの握力だけによるものではない。まるで何かに固定されているかのように、肘から先が動かないのだ。アリナはすばやくジェイドを観察した。アリナの腕をつかむジェイドの手が、赤い光をぼんやりと纏《まと》っている——超域《シグルス》スキルの光だ。

「……ちょっと」

ついに強引な手段に訴えたジェイドを責め立てるようにアリナは睨《にら》みつけた。その視線を真正面から受け止めたジェイドは、ばつが悪そうに顔をしかめる。

「悪いとは思ってるよ……でもこうでもしないと全然相手にしてくれなさそうだしさ……」

「言外に相手にしたくないと言っているのですが」

「……。俺のスキルの一つ〈鉄壁の守護者《シグルス・ウォール》〉は触れた物体を硬化させることができる。人体には無効だが、衣服を硬化させて拘束するくらいはできるぞ」

ぼそぼそ小さい声で、言い訳がましく聞いてもいない説明をしてくるジェイドをまっすぐ見据え、アリナはそれまでの笑顔を引っ込めてすっと目を細めた。

「ふーん、そういうことするんだ」

にわかに不穏な空気がアリナから立ち上る。その視線にただならぬ殺気でも感じたか、ジェイドは慌てて小声でまくしたてた。

「は、白銀のリーダーとして来てるんだっ。話は聞いてもらうぞ、〝処刑人〟……！」

ジェイドの目を睨《にら》みつけながら、アリナは数秒押し黙った。

今ここでアリナもスキルを発動させて対抗し、強引に突破するという手もある。しかし周囲からの視線がある以上、処刑人の特徴である大鎚《ウォーハンマー》を出現させるわけにいかなかった。

「……」

結局アリナはため息をついて顔をしかめ、仕方なく路地を指さした。

「わかりました。せめて場所を変えましょう」

8

人であふれる大通りからはずれて暗い路地裏の奥まで進み、人の気配がなくなったことを確認すると、ようやくジェイドが切り出した。

「単刀直入に用件を言うとだな、」

「どうしてもアリナさんに《白銀の剣》に入ってほしおああああああ！」

ジェイドの用件とやらが言い終わるのを待たず、アリナは無言でスキルを発動させると、スキルと同時に具現化した大鎚《ウオーハンマー》を握り締め、容赦なく隙だらけのジェイドに殴りかかった。めき、と大きな音が夕闇の路地裏に響いて、石畳が大きく陥没する。

もうもうと砂塵《さじん》を上げる中、しかしアリナの打ち下ろした大鎚《ウオーハンマー》は石畳を叩《たた》き潰しただけで、そこに標的の男の姿はなかった。

「はずしたか……」

さすが《白銀の剣》に選ばれるだけはある。アリナは顔をしかめて舌打ちしながら大鎚《ウオーハンマー》を構え直し、とっさに壁際《かべぎわ》に回避したジェイドを睨《にら》みつけた。ジェイドはというと、もはや言葉を失い顔面を引きつらせて大鎚《ウオーハンマー》を凝視している。

「なななななにすんだよ！」

「くちふうじ」

「……！」

端的に答えたアリナの表情の中に冗談の気配など一つもないことを察したか、ジェイドの顔から血の気が引いていく。

「受付嬢は副業禁止……バレたら一発クビ……こんなところで受付嬢人生を終わらせるわけにいかないの……」

「まままままて早まるなっ……！」

「先に手を出したのはそっちだからね」

かまわず、アリナの翡翠《ひすい》色の瞳が、路地裏の薄闇の中でぎらりと物騒に光った。

「当然覚悟はできているんでしょう――私の平穏のために死ね」

「待った待った待った！！！」

壁に追い詰められたジェイドは、血相を変えて、手を突き出した。

「ていうかその大鎚《ウォーハンマー》どっから出した⁉」

「知らない。スキルを発動すると勝手に出る」

「！　やっぱり、そのスキル……！」

アリナの言葉に、ジェイドが何かに気づいたように言葉をとめた。

「神域《ディア》スキルか⁉」

「なにそれ」

「知らないで使ってるの⁉」

「うるさいな。私の勝手でしょ」

「神域《ディア》スキルは、かつて先人が使ったとされるスキル……現状で最上級の超域《シグルス》スキルの、さらに上……！　いまだ文献でしかその存在が知られていないものだが……」

「文献でしかわからないならこれが本当にその神域《ディア》スキルかなんてわからないでしょ」

「スキル発動と同時に専用の武器が発現するなんて、超域《シグルス》スキルですら見られない現象だぞ！　少なくとも超域《シグルス》スキルとは全く別物、それ以上の力——」

「あ、そう。まあ、そんなことはどうでもいいのよ」

アリナは標的をまっすぐにらみ据えながら、空を唸《うな》らせ大鎚《ウォーハンマー》を一振りした。

「続き。やりましょうか」

「待て待て待て待て！」

「死にたくなければその背中の立派な盾くらい構えたらどう」

「俺はアリナさんと戦いに来たんじゃないんだ、盾は構えないぞ……！」

「了解」

「おおおお俺はこんなとこで死ぬわけにいかないんだ！」

「ああそう」

「《白銀の剣》がいま大変なんだよ！」

「ふーん」

「無表情でにじり寄るのやめてくれ……！」

「二度と現れるなって言ったよね」

「わ、悪かったよ！　いきなり仕事中に押しかけて……！　でもアリナさんの攻撃みたガンズがショックで引退しちまって、《白銀の剣》には今前衛役《トップアタッカー》がいないんだ！」

「……え？」

早口でまくしたてられたジェイドの言葉に、アリナは眉をひそめた。

「ガンズが引退したのは治癒不能な大怪我のせいって聞いたけど」

「……ガンズはプライドが高い。仮にも《白銀の剣》で前衛役《トップアタッカー》やってた男が、謎の大鎚《ウォーハンマー》使いに圧倒的な差を見せつけられて立ち直れないなんて世間に公表したらトドメだろ」

「……ふーん」

まさかガンズの引退の理由が自分にあるなどと思いもしなかったアリナは、少しだけ気まずくなって、大鎚《ウォーハンマー》をおろした。

「で、なに。私のせいだからどうにかしろって言いたいの？」

「それは違うぞ……！」

ジェイドはぐっと拳を握り、意を決したようにこう言った。

「俺は、アリナさんがほしいんだ!!」

「セクハラと職権乱用で訴えますよ」

「待って待って」

「こんな疲れた受付嬢に迫らなくても、女性には困ってないでしょう」

「違う、他の女なんて関係ない。一目見た時から、その力も、アリナさんの顔も、一度も頭から離れなかったんだ。俺は毎日アリナさんのことを考えてた」

「本気で気持ち悪いんですけど……」

「それくらい俺は本気だ！　《白銀の剣》に入ってほしい」

「あのね」

アリナはため息をつき、改めてジェイドにゆっくりと言い聞かせた。

「私は、受付嬢として、平穏に暮らしたいだけなの。その私の平穏に、あんたが介入できる余地はない。邪魔しないでくれる？」

「……。じゃあどうしてヘルフレイムドラゴンを倒したりしたんだ」

ぴくり、とアリナの眉尻が跳ねた。

「受付嬢でいたいなら、わざわざダンジョン攻略なんてしなければよかったんだ。そうすれば俺もアリナさんを見つけることはなかったし、こんなに必死になることもなかったし、」

「残業がいやだったから」

「ギルドがここまで騒ぐこともなか――え？」

「アレを倒せば残業が終わるから倒した」

「え、いや、あの……残業？」

予想外の答えとばかり、ジェイドはきょとんと目をしばたいた。

「残業がいやだったからヘルフレイムドラゴン倒したのか……？」

「なによその顔。他に、理由が必要なの……？」

ゆらり、とアリナはジェイドに詰め寄るや、目をかっ開き、殺気をにじませる剣幕でジェイドの胸ぐらをつかんだ。

「あんたにわかる？　終わらない書類の山を見た時の絶望が。明らかに仕事が追いついてないのに、別の仕事を押しつけられた時の殺意が！　帰りたいのに帰れない怒りが！」

「い、いや、その………わからないですごめんなさい」

「あんたらがちんたら攻略してるから、私の残業が終わらなかったの！　だから！　私が！　終わらせたの！　平穏な定時帰りを自分の手で取り戻したのよ！　それの何が悪いの⁉　よってたかって私の正体嗅ぎ回って！」

「すすすすみません」

思わず謝るジェイドだったが、ふと何か思いついたようにぱっと人差し指を立てた。

「あ、白銀に入れば残業なんてなくなるぞ！」

「それは定時という概念がないだけで残業がないのとイコールじゃないでしょ」

「うっ」

「私は安全で安定した仕事に就きたいの。冒険者なんて、いつ足がもげて職を失うかもわからないような不安定な仕事、ごめんなの」

「いや見た感じアリナさんを殺せそうな奴なんていなそうだけど」

「なに」

「なんでもないです」

「とにかく私は《白銀の剣》なんかに入るつもりはないからね」

　それ以上の反論は受け付けないとばかり、叩《たた》きつけるようにそう言って、今度こそアリナはジェイドに背を向けた。

「前衛役《トップアタッカー》探しなら他をあたって――あと」

　言葉を切ってアリナはふいに立ち止まると、肩越しにジェイドを睨《にら》みつけ、低い声で言った。

「このことバラしたら……許さないからね……」

「…………」

　そのすごみのあまりの迫力に、ジェイドはごくりと生唾を飲み込んで押し黙った。おかげでようやく諦めたのか、裏路地から出て行くアリナの背中を、ジェイドはじっと見つめるだけで、もうしつこく止めようとはしなかった。

9

　翌朝。小鳥のさえずりに、アリナは目を覚ました。

　窓から差し込む朝日が部屋の中を優しく照らす。ベッドから起き上がったアリナは、窓を開けて朝の新鮮な空気を吸い込んだ。立ち並ぶオレンジ屋根と、遠くに見える時計台。寝静まっていた町がにわかに活気づいていく気配。

　爽やかな朝の景色を見ながら、しかしアリナの気持ちは暗鬱としていた。

「……知られて……しまった……」

　ぽつりとつぶやくと、朝のすがすがしい空気も消し飛ぶような、重いため息がもれる。

（どうする……やっぱり奴を口封じのために少し痛い目に遭わせた方がよかったか……いやでもギルドの幹部級の人をどうにかしたら結局クビなのでは……）

　もんもんと物騒な計画が頭をよぎり、アリナは慌てて首を振った。

「どうしたらいいんだ……」

　その体はふらふらと吸い込まれるように再びベッドに向かい、ばたんと倒れ込んだ。

「あぁぁぁもうやだぁぁぁ……」

　シーツに顔を埋めながらぽつりとつぶやくと、いろいろな鬱憤が堰《せき》を切って溢《あふ》れ出《だ》した。

「何もしたくない現実から逃げたい外出たくないずっとおうちに引き籠もってたい……！」

　ばたばたと子供のように手足を暴れさせながら、アリナはありのままの本心をぶちまけた。

　アリナが住んでいるのは、都市の一等地とまではいかないが、少なくとも駆け出し冒険者の稼ぎでは住めないような閑静な住宅街だ。ここには、しつこい盾役《タンク》も、気を遣う客もいない。書類の山もない。鬱陶しい人間関係もない。残業もない。自分が好きに扱える時間が、粛々と流れるこの世の楽園。唯一気を休めることができるオアシスだ。

「ああ……ずっと家でごろごろしてたい……」

齢《よわい》十七のこんな小娘でも、受付嬢という安定と信頼性の職業のおかげでローンが組める。莫大《ばくだい》な金額を金貸し商から借りることが出来、家という大きな買い物ができる——つまりマイホームという名の楽園が買えるのである。すばらしい、ビバ受付嬢。冒険者なんていつ死ぬかもわからない不安定な職業では、その信頼性の低さから当然お金なんて貸してもらえず、ローンは組めない。ありえない。

「やっぱり受付嬢は最高だ……クビなんかに……なってたまるか……！」

ベッドシーツに顔を埋め、ふごふごとアリナは決意を固めた。

＊＊＊

ベルフラ地下遺跡を攻略後、今日もイフール・カウンターは平和なはずだった。——奴が受付所に現れるまでは。

「ジェイドさん！　どうやったら盾役《タンク》もっとうまくなりますか⁉」

「俺の武器にサインしてください‼」

「わ、私、握手してもらってもいいですか……⁉」

まだ窓口を開けて数時間とたたないイフール・カウンターには、しかしすでに多くの冒険者が集まっていた。とりわけ備え付けのテーブル付近には異様な人だかりができている。その中心で冒険者に囲まれているのは、赤い遺物武器《レリックアルマ》の大盾を持つ青年、ジェイド・スクレイドだ。

「……」

アリナはなるべくその人だかりを意識しないよう注意しながら、窓口で淡々とクエスト受注の手続きを進めていたが、その背中にさらに不機嫌を助長させるような黄色い声が飛んでくる。

「ああ……ジェイド様、いつ見てもイケメンすぎるぅ……！」

「て、手を振ったら振り返してくれるかな……？」

「今、こっち向いた！　目が合ったよ！」

他の受付嬢たちも、ジェイドに最も近いアリナの窓口に集まって熱い視線を送っていたのだ。おかげでクエスト受注が機能しているのはアリナの窓口だけだ。彼女たちは業務中だというのに今にも飛び出したそうにうずうずし、きゃっきゃと黄色い声を飛ばしている。そんな受付嬢たちの勤務態度もどうかと思うが、何より苛立《いらだ》たしいのはあの男だ。

（なんで……あいつ……ここに居座ってるわけぇぇぇぇぇっ……！！？）

始業直後、誰より早くイフール・カウンターに現れたジェイドは、「処刑人の調査」と言い張って以降ずっとあそこに座っている。冒険者たちは《白銀の剣》のジェイドに気づくや彼を取り囲み、やがて「イフール・カウンターにジェイドがいる」という噂《うわさ》は瞬《また》く間《ま》に広まって、そうして今、昼休憩を目前にした受付所は冒険者で埋め尽くされていた。

「……」

アリナは顔をしかめながら、窓の向こうへ目を向ける。連なるオレンジ屋根の向こうにある時計台は、もうすぐ昼の十二時を告げようとしていた。早く、早く昼の鐘を鳴らしてくれ。アリナは昼休みの開始を渇望《かつぼう》した。とにかく早くこの場から逃げ出したい。

「ジェイド様！　一緒にお昼を食べましょう」

やがて時計台の鐘が高々と打ち鳴らされた瞬間、受付嬢たちが窓口を飛び出し、冒険者たちを押しのけてジェイドに群がった。

「どきなさいあなたたち」

ジェイドを取り合う受付嬢たちを、貫禄《かんろく》のある静かな声が叱りつけた。スーリだ。

ジェイドがいるとわかるや、わざわざ化粧をし直して気合いの入ったまとめ髪に整え、いっそう美しさを増したスーリが自信たっぷりにジェイドへと歩み寄った。

「ジェイド様のお相手は私が……あら、ジェイド様？」

しかし、すでにそこにジェイドの姿はなかった。

10

裏通りにある細い階段をのぼったその先。イフールの町並みを一つ高いところから見渡せる小高い丘の上に、人々に忘れ去られた小さな空き地がある。そこに一つだけぽつんと設けられたベンチが、アリナのいつもの昼食の場所だった。

「……やっと解放された……」

大広場を見下ろせるその空き地はいつも人気がなく、アリナのお気に入りの穴場だった。

「もうやだ帰りたい……」

ベンチにもたれ、ぐったりとアリナはつぶやいた。ジェイドのせいでアリナの窓口に客が集中し、午前中だけでひどく疲れた。どっとのしかかる疲労感にうなだれながら、もそりもそりとサンドイッチを食べる。

一人になれるこの昼休憩が、仕事中の唯一の楽しみであり、アリナの癒やしだった。

「――お、すごいなこの場所」

しかしその時、非情にもこの絶対不可侵の聖域に、一番聞きたくない声が響いた。

「場所も静かで人もいないし、イフールにこんな穴場があったんだなぁ」

のんきにそう言いながら、ジェイド・スクレイドは当然のようにアリナの隣に腰掛けた。

「いやーちょうど俺も静かで人気のない昼飯スポット探してたんだよなぁ。アリナさんがここで毎日昼飯食うなら俺も一緒に」

「スキル発動〈巨神の破鎚《ディア・ブレイク》〉」

白光とともに、音もなく虚空《こくう》から生み出された大鎚《ウォーハンマー》を見て、ジェイドは慌てて飛び上がった。昨日ジェイドに容赦なく殴りかかった前例を考慮してか、今度は躊躇《ちゅうちょ》なく背中の盾を構え、猛獣と相対した小動物のように身を守りながらおそるおそる顔をのぞかせる。

「おおお俺なにもしてないだろ⁉　アリナさんの正体だってバラしてないし！」

「うるさい私の職場でサボってないで仕事しろこのクソ白銀野郎」

「いや俺冒険者だからさ、基本拘束時間とかないんだよね。だからサボってても平気だし」

「……ふううん」

毎日朝から晩まで窓口かデスクに縛り付けられるアリナは、ジェイドがうかつに口にしたその冒険者の特権に、ビキっと青筋を立てた。

「仕事中は休憩行くにも周囲の状況確認必須でサボりなんかばれた日には内外から文句を言われる立場の私に……よくも堂々とサボってるなんて言えたものね……」

「ち、違う！　サボってない！　必要経費だ！　処刑人調査のための――」

めきゃ、という音とともに足下に叩《たた》きつけられた大鎚《ウオーハンマー》を見て、ジェイドは言い訳がましい言葉を引っ込めた。

「……すみませんでした」

「午後からは真面目に働け。わかったわね」

「はい……」

アリナは大鎚《ウオーハンマー》を消して素早く弁当の包みを持ち、昼休憩の場所を変えようと足早に歩き出した。しかしどこに行っても目立つジェイドがくっついてくると考えると、下手にこの空き地から出ない方が賢明であることは明らかである。二、三歩進んで、アリナは足を止めた。

「……はあ、せっかく一人になれる昼休みなのに……」

仕方なくアリナはため息をついてベンチに戻り、昼食を再開した。

「アリナさん、実は暴れるトロールより凶暴なんじゃ――」

ジェイドも一撃でクレーターとなった空き地の地面を眺めながら、懲りずに隣に座ってくる。

「あんたがしつこくしてくるからでしょ」

「ふっ……、俺は諦めないと決めたらしつこいんだ。それに仮にも、ギルド最強と言われる盾役《タンク》だからな。体力と頑丈さと生命力には自信があだだだだ手の甲の皮つねるのヤメテッッ」

ジェイドはすばやくベンチの端へと退避し、そうしてしばらく沈黙が続く。

「……そもそもアリナさん、いつその神域《ディア》スキルを発芽させたんだ」

沈黙を破ったのはジェイドの問いかけだ。

「スキルが発芽できなくて悩んでる〝スキル難民〟もごまんといるってのに」

「教えない」

アリナは不機嫌にサンドイッチを頬張りながら、素っ気なく答えた。

「だいたいスキルが発芽するかどうかなんて運みたいなもんでしょ」

「……。まあそうだけどさ」

スキルは、魔法とは全く別の力で、個々人に潜在的に備わる唯一無二のものだ。

魔力と知識さえあれば誰でも発動できる魔法と違い、スキルは発芽しなければ扱うことができない。全ての人間に生まれつきスキルは備わっているというのが通説だが、その発芽条件は未《いま》だに解明されておらず、意図的に発芽させることは現状不可能である。

それどころか、スキルの性質を決定づけるものも、そもそもどの力により発動しているのかすらも明確な答えはなく、スキルにはまだまだ謎が多いのだ。

「だからこそ、その力があって受付嬢をやるなんてもったいないぞ、本当にもったいない」

「この力をどう使おうが私の勝手」

アリナは最後のサンドイッチを食べ終え、空の弁当箱を片付けながらさっさと立ち上がった。

「とにかく、嫌がらせみたいに私の職場に居座ったところで無駄なものは無駄だから」

言い捨ててちらりと時計台を見る。あれだけ楽しみにしていた一時間の昼休みも、あっという間に終わろうとしている。時の流れのなんと非情なことか。体感では五分くらいしか休めていないのだが。

「はあ……午後も頑張るかぁ……」

ジェイドを置いて、とぼとぼと職場に向かう。

悲しいかな、働いた時間に対して給料が出る受付嬢は、休憩時間も決まっている。冒険者のように、自由にサボったり休むことなど許されないのだ。

11

「──あれ、ジェイドさんは？」

午後の受付窓口。アリナの前で受注手続きを終えた青年は、そわそわと周囲を見回した。

「イフール・カウンターにいるって聞いたからわざわざこっちの受付所に来たのに……」

「午前中はいらっしゃいましたよ。お昼からは、見ていませんね」

サインの入った書類を確認しながら、しれっとアリナが答えると、青年は「ええ！」と悔しそうに顔を覆った。

「嘘《うそ》だろ！　ジェイドさんに盾役《タンク》の立ち回りのコツとか聞きたかったのに……」

「それは残念です。ですが白銀様もお忙しいでしょうし──」

不機嫌を顔に出さないよう平静を装《よそお》うアリナの声は、しかしふいに轟《とどろ》いた怒声によってかき消された。

「──だからぁ！　俺の言う通りにクエストを出せっつってんだよ！」

続いて、ダンッ！　と容赦なく机を殴る物騒な音が響き渡る。

その激しい声は、いつも以上に騒がしいイフール・カウンターを瞬《またた》く間《ま》に静まりかえらせた。

アリナも青年もぎょっとして、怒声のもと——隣の窓口へ目を向ける。背の高い男が顔を険しくさせ、窓口に前のめりになって受付嬢を怒鳴り散らしていた。

「俺は一級冒険者だぞ！　出せっつったら出せ！」

「……げ」

アリナは思わず声に出して顔をしかめた。横顔に赤い入墨をしたその男は、できればあまり関わりたくない冒険者、スレイ・ゴーストだ。

全冒険者の一割に満たない貴重な一級ライセンスの持ち主だが、気性が荒く癇癪《かんしゃく》持ちで、窓口でも常に騒ぎを起こす悪質クレーマー。

「で……ですが……」

怒鳴られている受付嬢は顔を真っ青にさせて、すっかり萎縮していた。災難なことに彼女は今年の春に入所したての新人受付嬢のライラで、冷静に対処できる余裕はないようだった。

「……」

アリナはすばやく周囲を見回した。すっかり静まりかえった周りの冒険者たちは、誰も助けに入ろうとしない。悪質クレーマーとはいえ一級ライセンスを取得した彼の実力は本物で、力で黙らせられる相手ではないことはわかっているからだ。

「そ、そのようなクエストはこちらでも把握していなくて……」

「そんなわけねえ！　どうせ隠してるんだろ⁉　お高くとまった受付嬢サマがよォ！」

「そ……そんなことを……言われましても……」

困り果てるライラを見て、アリナはため息をつき、彼女のもとへ向かった。

「いかがされましたか」

アリナが後ろから声をかけると、ライラは泣きそうな顔でアリナを振り向いた。

「ア、アリナ先輩……！」

目配せで彼女を下がらせ、代わりにスレイの前に進み出る。

「どうしたもこうしたもねえ！　隠してねえで〝裏クエスト〟を出せって言ってんだ！」

「……。なるほど。裏クエスト、ですか……」

アリナは危うく客の前で大きなため息をつくところだった。

同時にライラが困り果てていた理由にも納得がいく。裏クエストに関する〝いちゃもん〟は、受付嬢ならば一度は言われる面倒なクレームの一つだからだ。

「先程担当した者も申し上げましたが、裏クエストというものは取り扱っておりません」

「そういうお決まりの文句はいいんだよ。いいから黙って出しやがれ！」

「……」

目的のものが出てこなければテコでも帰らないという様子だ。おそらく言葉による説得は不可能だろうと早々にアリナは悟った。とはいえ、このカウンターにいるどの受付嬢も、彼の望むものは提示できない。

裏クエストなどというものは存在しないからだ。

これは、昔から冒険者の間でまことしやかに囁《ささや》かれている、根拠のないただの言い伝えだ。

〝誰も知らない隠されたダンジョンがある〟――などという根も葉もない噂《うわさ》が人々の口を渡るたび、いつの間にか〝裏クエスト〟なる言葉を生み出し、尾ひれをつけながら伝えられてきたものである。

「知ってるんだぜ俺は。裏クエストで出現する隠しダンジョンには〝特別な遺物《レリック》〟が眠ってるってな！　お前らはその遺物《レリック》をギルドで独占したいだけだろ！」

「冒険者ギルドに集約されているクエストは、クエストボードに全て開示されています。それ以外には――」

「口答えすんじゃねえ！」

ドン！　と威嚇するようにカウンターを殴りつけ、スレイはアリナを睨《ね》め上げた。

「冒険者様は神様だろうが！　俺の言う通りにしろ！」

あー一発ぶん殴ってやろうかなコイツ。

スレイの恫喝《どうかつ》を右から左に聞き流しつつ、アリナは事態の収束のための次なる手を模索した。

上司にパスするというのも手だが、スレイはより強い権力を持った人間が対応すれば満足する、というタイプのクレーマーではない。どうしたものか――

「おい……！　黙ってないでなんとか言えよ……！」

頭に血が上ったスレイは、押し黙るアリナについに手を伸ばし、乱暴に胸倉をつかみ上げた。

「受付嬢ごときが……！　それが冒険者様に向ける目かよ！　むかつくなその顔！」

無力な受付嬢を相手に、スレイは何の躊躇《ちゅうちょ》もなく拳を振り上げた。たちまち様子を窺《うかが》っていたライラが悲鳴を上げる。さすがに周囲も慌て出す中、アリナはあくまで冷静に言い放った。

「受付嬢への暴力行為は、冒険者ライセンスの剥奪になりますが」

「知るかよ！　てめえ、一発ぶん殴らねえと気がすま――」

「おい」

その時、低い声が割り込み、背後から誰かがスレイの拳を摑《つか》んで止めた。不機嫌に振り向いたスレイは、現れた男の顔を見て、目を見開いた。

「ジェ、ジェイド・スクレイド⁉」

同じ一級ライセンスを持つギルド最強盾役《タンク》の存在に、さすがにスレイは慌て出した。

「白銀がなんでここに……⁉」

「スレイ。その手を離せ」

ジェイドに鋭く睨《にら》まれ、スレイは一瞬気圧《けお》された。

「ハ……ハッ！　精鋭がなんだ、所詮盾役《タンク》なんて攻撃役《アタッカー》よりも力の弱ぇ雑魚《ざこ》だろうが！」

スレイはアリナの胸ぐらから手を離し、代わりにジェイドに殴りかかった。が、その拳が顔面に届くより早く、ジェイドの片手ががっちりと摑《つか》んで止めた。

「ぐっ……！」

スレイはそのまま引くことも押し切ることもできず、怒りの表情も次第に硬直していく。

「盾役《タンク》は攻撃役《アタッカー》よりも力が弱い……なんだって？」

ジェイドが強く握ると、スレイの拳はみしし、と骨のきしむ音をたてた。たちまちスレイは苦痛に顔を歪《ゆが》めて声を上げた。

「イデーッ！　は……離しやがれクソタンクッ！」

存分にスレイの拳を痛めつけてから、ジェイドがぱっと手を離すと、スレイはたちまち跳ねるように距離をとり、痛そうに右手をさする。

「今度アリナさ——受付嬢に手ぇ上げたら、その程度じゃ許さないからな……」

ぎろり、とジェイドが睨《にら》むと、その殺気に気圧《けお》されたスレイは一歩後ずさった。彼の顔は、目の前に立つギルドの精鋭との力の差をまざまざと思い知らされて、苦々しく歪《ゆが》んだ。

「……く……くそ！　覚えてやがれ！」

結局スレイは捨《す》て台詞《ぜりふ》を一つ吐き、どかどかと受付所を去って行った。

「さ……さすがジェイドさんだ！」

スレイが消え去った後、たちまちイフール・カウンターに歓声が上がり、冒険者たちは口々にジェイドを褒《ほ》め称《たた》えた。受付嬢たちのジェイドを見つめる視線にもいっそう熱が帯びる中、ジェイドは慌ててアリナの様子を窺《うかが》った。

「大丈夫かアリナさん⁉」

「……」

アリナは数秒黙したまま、心配そうなジェイドの視線から目をそらした。

足下では、スレイに一発ぶち込もうと発動寸前までできていた白い魔法陣が人知れず消えていく。危うくこの大注目の中盛大にスキルを発動させるところだった。

「……ええ。助けていただきありがとうございます」

ぼそり、とアリナは礼を述べた。それで安堵《あんど》したらしいジェイドは、ほっと息を吐いてから、わずかに叱るように目を吊《つ》り上げた。

「あのな、危ない奴も中にはいるんだからあんまり挑発するんじゃやない」

人前じゃやそのスキルを使うワケにもいかないだろ――言外に指摘されていることに、アリナはこっそり唇をひん曲げながらも、反省したように背を丸めた。

「全くおっしゃる通りです。以後気をつけます。ところで白銀さま、午後も引き続きこちらにいらっしゃるのですね？」

続けた言葉に、今度はジェイドがびくっと肩をふるわせる番だった。

「白銀様のような頼もしい御方が一日中居座――居てくださるなんて、大変ありがたいことです」

そう言ってにこり、と満面の笑みを、口角を吊《つ》り上げただけで目は全く笑っていない極寒零度の業務用笑顔をジェイドに向けた。

その笑顔の裏に、〝何か〟を感じ取ったのか、みるみるジェイドが慌て出す。

「い、いや、帰、帰ろうとしたんだ、」ジェイドは冷や汗をたらたら流しながら、やはり後ろめたいことがあるらしく、しどろもどろに言葉を続けた。「でももうちょっとくらいなら居てもいいかなーってのぞいたらアリナさんが絡《から》まれてて――」

「ええもちろん、我々としましては、何時間居てくださってもかまいません」

「……い、いや、これ以上は迷惑になるから、俺はそろそろ帰ろうかな～」

「それは残念です。ぜひまた、イフール・カウンターにおいでくださいませ！」

アリナの接客用笑顔の前に敗北したジェイドは、多くの冒険者や受付嬢に惜しまれながら、足早にイフール・カウンターを去って行くのだった。

12

その後は特に何事もなく、アリナはもうすぐ定時を迎えようとしていた。

営業終了間近の窓口は来客も減り、この隙を利用してアリナは事務用品の買い出しに行っていた。このような雑用はそろそろ新人のライラに任せたいところだが、一方で職場から堂々外出できるこの担当業務を気に入ってもいた。

ちょうど業務終了時刻に帰るよう、ややのんびりと用事を済ませている。受付嬢三年目ともなれば小狡《こずる》い手も使うようになるのである。むふ、とアリナは思わず笑みを漏らした。

「そうよ……このぬくぬくした仕事こそが、受付嬢なのよ……！」

通りかかった町の大広場には、大都市イフールを象徴するものの一つである、巨大な転移装置《クリスタル・ゲート》がそびえ立っていた。一軒家の屋根よりさらに高い、淡い光を放つ六角柱の蒼《あお》結晶は、離れた町やダンジョンに転移できる便利な移動装置だ。これも先人の知識から得た貴重な技術で、この転移装置《クリスタル・ゲート》がイフールを大都市へと発展させた立役者と言っても過言ではない。

「やあ！　兄ちゃんたち、こりゃすげえ獲物をとってきたな！」

「巨型魔物《レイドボス》か。やるじゃないか！」

広場は冒険者が巨大な鈍色の魔物を特注の荷車にくくりつけて帰ってくるところで、一時賑《にぎ》わっていた。その魔物をみた町人や他の冒険者たちが、彼らの功績をたたえて声をかける。彼らはくすぐったそうに笑いながら、手を上げてその賞賛に応えていた。

討伐された魔物は普通、霧散して原形を残さない。荷車の魔物——岩石の巨人クレイゴーレムは、深く眠らせているだけで完全に仕留めていなかった。おそらく魔物から武器や防具の元となる素材を得るため、広場の巨大な転移装置《クリスタル・ゲート》を使って魔物研究所へと運ぶつもりだろう。

複数のパーティーで共闘して討伐したのか、荷車の周りには大勢の冒険者が取り囲み、戦闘の感想を言い合いながら満足そうに笑っている。

微笑《ほほえ》ましい光景を片目に、アリナはわざと遠回りとなる裏路地へと入った――その時だ。

「アリナさん！」

後ろから聞こえてきた声にアリナの表情は一瞬で険しくなる。振り返りもせず、足も止めず、一心に歩を進めたが、その声の主は拒否の気配などつゆほども気にせず隣に並んだ。

「いやー、こんなとこで会うなんて奇遇だなあ！」

犬だったら千切れんばかりに尻尾を振っているに違いない、嬉《うれ》しそうな笑顔で白々しいことを言ってくるその男は、もはや確認するまでもないがジェイド・スクレイドであった。

「……後尾けてたでしょ」

「つ、尾けてなんかないぞ？　アリナさんが出てくるのを待ち伏せてなんかないぞ？」

ジェイドはあからさまにアリナから目をそらし、必死に手を振りながら話題を変えた。

「それよりアリナさん、仕事疲れただろ？　飯食いに行こう！　うまいもん奢《おご》ってやる！」

「結構です。まだ仕事中です」

「じゃあ何か欲しいものないか？　俺が何でも買ってやるぞ！　だから白銀に――」

「結構です」

「……」

取りつく島もないアリナの様子に、ジェイドは人差し指を突き合わせてすねたようにしばらく押し黙り、ぼそりとつぶやいた。

「……でもほら、昼間のスレイが仕返しとかにきたら、危ないだろ」

「余計なお世話です」

「じゃあどこ行くんだ？　アリナさん」

「し・ご・と・に・も・ど・る・の！　ついてこないでよ！！！」

しつこいジェイドを振り切り、アリナは裏路地を駆け出した。

＊＊＊

「くそ、どいつもこいつも気にくわねえ……！」

スレイ・ゴーストは大きく舌打ちをすると、怒りにまかせて広場に転がる石を蹴とばした。昼間の受付所での一件を思い出し、煮えたぎるような怒りがせり上がってくる。特にあの受付嬢。悲鳴の一つもあげないどころか、ゴミでも見るような目で見やがって――

「……あの受付嬢、やっぱりぶっ飛ばさねえと気が済まねえ……！」

スレイは足を止めた。その目はふと、大広場に停《と》められた荷車の魔物に向いた。

巨大な岩石の魔物。その巨体から推察するに通常のボスではないだろう、何気なく近づいて、そっと様子を窺《うかが》うと、どうやら眠っているようだった。

クレイゴーレムの荒々しい岩肌を見て、ふとスレイの瞳に、残忍な光が灯《とも》った。

「ひゃはは……！　どいつもこいつも、ぶっとばしてやる……！」

13
「……逃げられた……」

路地裏の奥へと消えていくアリナの背中を見送って、ジェイドはしょんぼりと肩を落とした。

わかっている。どれだけしつこく付き纏《まと》おうと、彼女の意思は揺るがない。

権力を使って強引に彼女を白銀に入れることは簡単だ。だが、そうすることに意味はない。

無理強いで組まされたパーティーほど、脆《もろ》いものはないからだ。少なくともアリナが、白銀で活動してもいいと思える条件を提示する必要がある。

ジェイドには、その条件がまるでわからなかった。金や物で頷《うなず》くような人ではないし――

「どうしたらいいんだ……」

ぼそりとつぶやいて重いため息をついたその時、ずん！　と突如裏路地が大きく揺れた。

「？」

ジェイドは怪訝《けげん》に眉をひそめた。大きな揺れはずん、ずん、と継続的に続き、何か嫌な予感が胸にぞわりと駆け抜けた――その時だ。

ゴァァァアアアアアアアアア！

耳をつんざくような人ならざる咆哮《ほうこう》が響き渡り、ジェイドは目を見開いた。

「魔物⁉」

同時に、裏路地に誰かの叫び声が聞こえてきた。

「大変だ！　大広場で魔物が暴れ出した‼」

皆まで聞かず、ジェイドは表通りへ飛び出した。ひっそりとした裏路地から一転、そこはすでに帰宅途中の町人たちが悲鳴を上げ、すっころびながら逃げ惑う混乱のるつぼと化していた。

「！」

異変は、すぐにジェイドの視界に飛び込んできた。オレンジ屋根より一つ高い位置にごつごつした岩の顔がのぞいている。巨大なクレイゴーレムの頭だった。

「あれは――！」

ジェイドは逃げ惑う人々を押しのけ、急いで大広場を目指す。先ほど広場を通りかかった時、そこに寝かせていた魔物の姿が思い浮かんだ。睡眠状態が不完全で暴れ出したか。何にせよこんな町のど真ん中で暴れていい魔物ではない。ジェイドは顔を険しくさせ大広場に駆け込んだ。

「おい、何がどうなって――」

広場の光景を見て、ジェイドはその先の言葉を思わず飲み込んだ。

大広場は、惨憺《さんたん》たる有様《ありさま》だった。石畳がめくれ上がり、ベンチは押しつぶされ、イフールの象徴たる巨大な転移装置《クリスタル・ゲート》も傾いて、大きな亀裂が走っていた。

何より、変わり果てたその広場には、多くの冒険者が倒れていた。

クレイゴーレムの不気味な赤い瞳が、足下でへたり込んでいる数人の冒険者に向けられている。岩の魔物は両手を組んで作った拳を、すでに高々と頭の上まで振り上げていた。

「ひ……！」

武器や防具をあちこち欠損させ、もはやその拳を呆然《ぼうぜん》と見上げるしかない冒険者めがけて、クレイゴーレムが拳を叩《たた》きつける――

「伏せろ！」

ジェイドは背負っていた盾を構え、彼らの前に滑り込んだ。直後、クレイゴーレムの重力と遠心力とを上乗せした一撃が大盾に叩《たた》きつけられる。凄《すさ》まじい衝撃がジェイドを襲った。びりびりと全身を震わせながら、しかしその攻撃をジェイドはがっちりと防ぎきる。

「ジェ、ジェイドさん⁉」

「今のうちに退避しろ！」

ジェイドの喝に慌てて立ち上がり、離れていく冒険者の一人を、クレイゴーレムの目が追った。その動きをちらりと確認しつつ、ジェイドは腰の剣を抜き放つ。

「魔惑光《ハストル》！」

幻覚魔法を唱えた。対象の意識に作用し、一度にその関心を奪う盾役《タンク》専用の魔法だ。魔力の光を纏《まと》った剣を地面に突き刺すと一層強い光が放たれ、冒険者たちを追いかけようとしたゴーレムの動きがぴたりと止まる。ずんぐりした岩の顔が、やがてのそりとジェイドに向いた。

「ゴーレムの敵視《ヘイト》をとった！　こいつは広場に足止めする！」

ゴァァァァァア！

地が震えるほどの咆哮《ほうこう》を上げ、岩の巨人はジェイドに標的を変えて殴りかかった。

「ぐぅ！」

ジェイドの大盾がそれを受け止めるが、踏ん張る足がわずかに押される。凄《すさ》まじい攻撃だ。

高い防御力を持つ盾役《タンク》でなければ一撃で吹っ飛ばされるか、最悪即死もありうる。

「ジェイドさん……だめです……一人で受けちゃ……！　こいつ、レイドボスなんだ！」

肩にかつがれた一人の冒険者が、きれぎれに言葉を紡《つむ》いだ。盾を持つ彼は、おそらくクレイゴーレムを眠らせ、この広場へと持ってきた冒険者の一人だろう。

「！　レイドボスかよ……！」

ジェイドは苦々しく唸《うな》り、クレイゴーレムを見上げた。

レイドボスと呼ばれる魔物は、その巨体が特徴だ。巨体故に体力や攻撃力が異様に高く、通常のボスの倍以上はあると言われている強敵である。一パーティーでの討伐は不可能とされ、最低でも三パーティーを集めて、盾役《タンク》や回復役《ヒーラー》といった重要な役割を複数人用意し戦う。

「……、それはわかった。で、この状況はどういうことなんだ」

「そ、それがさっぱりわからないんです……素材をとろうと思って、眠らせて持ち帰ってきたんですが……少なくとも三日は起きないはずなのに、突然暴れ出して……」

「じゃあこれは――」

「ひゃははは！　来たなくそタンク！」

ジェイドの声を遮って、聞き覚えのある笑い声が降ってきた。見上げるとゴーレムの肩に人影が見える。顔の左側に赤い入墨のあるその男は、昼間イフール・カウンターで怒鳴り散らしていたスレイ・ゴーストだった。

「お前……！」

「ひひ、いい眺めだな。どうだ？　俺の超域《シグルス》スキル〈夢見の妨害者《シグルス・ジャミ》〉は」

スレイの得意げな言葉で、ジェイドは全てを察した。

「お前が操ってるのか、スレイ！」

「そうだ。こいつは今俺の催眠状態にある。夢の中で暴れてるんだよ！」

「お前、何してるのかわかってんのか。こんな町中でゴーレムなんて暴れさせたら――」

「わかってるぜ？　よーくな。てめえもあのむかつく受付嬢も、町ごとぶっ潰してやる！」

バキ、と不気味な音がジェイドの耳に飛び込んできた。ゴーレムの片足、そのゴツゴツした岩石の合間に、さらに大きな白い鉱石のようなものが生えてきたのだ。それらは瞬く間《またたくま》に岩石を白く覆い尽くし、さらに巨大な足へと成長させる。クレイゴーレムがその巨足を持ち上げた。

「デ、デスクラッシュだ！」

「そんな、こんなとこであんな技……！」

広場にいた冒険者たちは、たちまち悲鳴を上げ、顔を青ざめさせた。

「あ、あれは盾役《タンク》でも即死級の技だ！　受けちゃだめだ！　ジェイドさん逃げてください！」

「逃げろって――」

その攻撃の異様な気配はジェイドもびりびりと感じていた。獣級とも呼べるジェイドの第六感は、避けろといっていた。しかしとっさに周囲を見回すと、まだ近くには自力で立ち上がれない冒険者が幾人も倒れている。ここで防がなければ彼らは間違いなく死ぬだろう。

「……っ」

ジェイドはきっと巨人の足裏を睨《にら》みつけ、相棒の大盾を構えた。ごうごうと音を立てて迫る巨大な白い足を見上げながら鋭く叫ぶ。

「スキル発動、〈鉄壁の守護者《シグルス・ウォール》〉！」

とたん、ジェイドの全身を赤いスキルの光が包み込んだ。たちまち大盾と防具が硬化していき、防御力を増していく。直後、ずずん！　とクレイゴーレムの巨足がジェイドを踏み潰した。

「ジェイドさん‼」

――いや、ジェイドはかろうじてその一撃を受け止めていた。

衝撃で足下を大きく陥没させながらも、人外の防御力によって巨人の踏み潰しに耐えるジェイドの姿に、広場の冒険者たちが息を呑む。

「す、すげえ、デスクラッシュを受けた……！」

とはいえジェイドの顔色はよくない。今は耐えられていても、戦いが長引けば疲労がたまりすぐに受けきれなくなるだろう。ちらりと見た転移装置《クリスタル・ゲート》は大きな亀裂で壊れており、これを利用しての転移も難しい。

「……っ、この場で討伐するしかねえ……！　こいつの攻撃は俺が引き受ける！　その間に冒険者をかき集めてこい！」

「で……でも、一人で耐えるなんて――」

「長引くほど不利になる、早くいけ！」

「……、はい！」

冒険者たちは後ろめたそうに振り向きつつも、広場の外へと散っていった。

「は、出たな〈鉄壁の守護者《シグルス・ウォール》〉。レイドボスの攻撃を一人で凌《しの》ぐとは、さすがは白銀――」

スレイは巨人の肩から見下ろしながら、感心したように顎をなでる。しかしその表情は余裕たっぷりで、にやにやとほくそ笑んでいた。

「――だが交代《スイッチ》できるサブタンクも回復役《ヒーラー》もなく、レイドボス相手にいつまでもつかな？」

「……」

スレイの指摘は正しかった。強力なレイドボスを討伐する時は、一人の盾役《タンク》に攻撃が集中しないよう複数の盾役《タンク》間で敵視《ヘイト》を渡し、互いに交代《スイッチ》しながら長期戦に持ち込むのが正解だ。どんなに優秀な盾役《タンク》でも、激しい攻撃が集中すればすぐに力尽きてしまうからだ。

「クク……思い知ったかクソタンク。俺は怒らせちゃいけない相手だったんだよ！」

クレイゴーレムは、なかなか踏み潰れない獲物に癇癪《かんしゃく》を起こしたように叫び、さらに何度もジェイドを踏みつけた。ずずん、とそのたび広場を大きく揺らしながら、ジェイドはその攻撃に耐えつつ、少しずつ怪我人《けがにん》のいない方へとクレイゴーレムの位置を調整していく。

「はは！　動けねえ雑魚《ざこ》をかばって誘導か？　大変だねえ盾役《タンク》はよぉ……ま、そんなことをしても無駄なんだがな。――おいクレイゴーレム、この町を地獄に変えてやれ！」

スレイの指示が下ると、クレイゴーレムは力をためるように身を縮こまらせた。

「今度は何を――」

ガアアアアアアア！

ひときわ大きな咆哮《ほうこう》と同時、クレイゴーレムの全身から、岩の破片が四方へと飛び散った。

「！　広範囲攻撃か……！　くそッ」

たちまち礫《つぶて》が町中に降り注ぎ、立ち並ぶオレンジ屋根や石造りの壁を壊していく。瞬《また》く間《ま》に町のあちこちで悲鳴が上がった。

広範囲攻撃ばかりは敵視《ヘイト》をとっても防ぎきることができない。ジェイドは臍《ほぞ》を噬《か》みながら、降り注ぐ礫《つぶて》を盾ではじき返す。ごろりと転がったそれは、しかしただの礫《つぶて》ではなかった。

それはおもむろにむくむくと膨れ上がると、たちまち人型を形成し、小さなゴーレムとなってジェイドに襲いかかってきたのだ。

「な……!?」

ジェイドはすばやく剣を振り、スモールゴーレムを両断する。防御力は親玉のクレイゴーレムに遠く及ばないようだが、この数が町中で暴れられたら——

「ひゃははは、こりゃ、大変だな？　町全体が戦場になっちまった！」

「くそ、てめえ……！」

ジェイドは苦々しく顔を歪《ゆが》めた。スモールゴーレムに町中で暴れられると、冒険者はそれらの対応に追われるだろう。ますます戦力が集めづらくなり、最悪の泥仕合《どろじあい》になる——

14

「あああもう、うっさいなあ……！」

イフール・カウンターの事務所で、アリナは書類を睨《にら》みつけながら、窓を震わすほどのクレイゴーレムの咆哮《ほうこう》に眉根を寄せた。

あの岩の魔物が暴れる大広場からほど近いイフール・カウンターは、当然みな避難していてもぬけの殻だ。そんな中、アリナだけがデスクに向かい、必死の顔で事務作業にあたっていた。

「……あんの……クソ上司ィ……!!」

低い声とともにアリナが睨《にら》みつけたのは、『午前中のクレーム報告書の作成、今日中によろしく』と書かれた一枚の紙切れ。確かに買い出し前にはなかったはずの、上司からの命令だ。

もちろん上司の命令なんかより安全確保の方が優先だ。だがアリナは知っている。こういう報告書の類いはその日のうちに作らなければ必ず詳細を忘れることを。そして作成に時間をとられ、それは毒か呪いのように尾を引いて、明日からの定時帰りを邪魔してくるのである。

その先に待っているのは、忌《い》まわしき……残業。悠長に避難なんてしている場合ではない。

「クソ上司……!!　絶対許さないからな――」

ガアァァァアアァ！

低い声を捻《ひね》り出《だ》したその時、広場から一際《ひときわ》大きな咆哮《ほうこう》が轟《とどろ》いた。連なるように人々の悲鳴も増していき、混乱の気配がどんどん膨れ上がっていく。

「……？」

さすがにアリナは外に出て様子をうかがった。オレンジ屋根の向こうで暴れるクレイゴーレムから、無数の岩がすっとんでいくところが見える。その肩に乗っているのは昼間受付所でも一騒動起こしたクレーマーのスレイだった。どうやらこの騒ぎは奴の仕業のようだ。

（……まあ言葉の通じないタイプのクレーマーだし、何してもおかしくないわね）

日々厄介な〝お客様〟も相手にしなければならないアリナは、極冷静にその様を眺めていた。ここまで大きな騒ぎにしたのだ。どうせすぐに冒険者たちが集まり、魔物もろとも討伐されるだろう。何しろここは冒険者の町イフール。一体何人冒険者が住んでいると思っているのだ。

「それになによ、ただの広範囲攻撃じゃない。そんなキャーキャー騒ぐほどのことじゃ――」

景気よくとんでいく岩を目で追って、はた、とアリナは凍りついた。

そのいくつかがよく知る方角へ飛んでいったのだ。大広場からほど近い場所にある、閑静な住宅街――アリナの自宅がある区域だ。

「は…………？」

呆然《ぼうぜん》としながらも、アリナの体はほとんど自動的にスキルを発動させた。はじける白光の中、人外の脚力で飛び上がり、いくつかの屋根を蹴って瞬《また》く間《ま》に自宅に向かう。

家が近づくたび、嫌な予感は膨れ上がっていた。町の景観の一部となっている、なんてことないオレンジ屋根の一軒家。しかし気のせいか、何だか歪《いびつ》な煙突が突き刺さったようなシルエットが見える。……いや、もう肉眼でもそれははっきりよく見えた。それでもアリナは信じたくなくて、一心不乱に家を目指した。やがて自宅の前に着地したアリナを待っていたのは――

「――……あ……あ……」

オレンジ屋根にクレイゴーレムの欠片《かけら》を深々と突き刺させた、大切な我が家だった。

「う……うそ……だ……」

その光景は、アリナの思考を一瞬で真っ白にはじけ飛ばすには十分すぎるものだった。思わず足から力が抜け、膝からくずおれる。呆然《ぼうぜん》とするアリナの前で、その岩はむくむくとゴーレム化し、危ういバランスで引っかかっていた屋根を通過して、家の中に落下していった。

がしゃん、がしゃん！　とゴーレムが暴れるたび、窓ガラスが割れ、壁に穴が空き、扉がまるごとすっ飛んでいく。その暴力的な音はさながら、我が家の上げる悲鳴のようであった。

「…………ローンが……あと三十年……残ってるのに…………………」

ただの瓦礫《がれき》と化していく家を愕然《がくぜん》と眺めるアリナの中に、一つの感情が、ぼそりと灯《とも》った。

「……あの…………………くそクレエエマァァァァアアア!!!!」

アリナの瞳に、憤怒《ふんぬ》の炎が激しく燃え上がった。ゆらり、と立ち上がり、大広場に顔を出すクレイゴーレムを振り返る。もはやその思考は怒りに染まり、我を忘れていた。

「――殺ス」

15

「ひゃははは！　雑魚《ざこ》冒険者どもが何人群がろうが、無駄なんだよ！」

スレイの声と同時に、ゴーレムが冒険者たちをなぎ払った。攻撃に夢中で回避が間に合わず、吹き飛ばされた攻撃役《アタッカー》たちにすかさず治癒光《ヒール》が飛ぶ。

（確かに……戦力が足りない……！）

ジェイドは冷静に状況を見ていた。幾つかパーティーを組めるほどの人数が集まったが、事態が好転したとは言えなかった。

「くそ、攻撃が通らない！」

「おい後衛役《バックアタッカー》は早く魔法でぶっ飛ばせよ！」

「ばか、こんな町中で魔法なんてぶっ放せるわけねえだろ！」

冒険者たちはクレイゴーレムの防御力を前に苦戦を強いられていた。そもそもクレイゴーレムは外見からもわかるように物理攻撃への耐性が高く、弱点属性の魔法で攻めるのが定石だ。

「くそ……さすがに戦う場所が悪すぎるか……」

どうする。顔をしかめ、ジェイドが臍《ほぞ》を噬《か》んだ、その時だ。

ぎゅん！　となにかが凄《すさ》まじい勢いですっ飛んできて、クレイゴーレムの腕にぶち当たった。

ギィイイオォオオオ！

ゴーレムが悲痛な声を上げる。それもそのはずで、飛んできた〝それ〟のあまりの勢いに、ゴーレムの右腕が肩から千切れ飛んだのだ。

「は⁉」

ぐらりと大きく体勢を崩すクレイゴーレムの肩の上で、さすがにスレイも笑いを引っ込め驚愕《きょうがく》に目を見開いた。

人々の視線の先──宙を舞う千切れたゴーレムの腕は、広場の中心に立つ転移装置《クリスタル・ゲート》を巻き込みながら落下した。巨大な蒼《あお》水晶がさらに傾く中、ふわり、と外套《がいとう》の裾を翻《ひるがえ》し、ジェイドの前に誰かが着地する。

その小柄な冒険者は、すっぽりと頭から外套《がいとう》をかぶり、巨大な大鎚《ウォーハンマー》を携えていた。武器とは正反対のその小さな後ろ姿を見て、ジェイドは思わず目を剝《む》いた。

「アリ――処刑人⁉」

その存在に気づいた冒険者も、思わず手を止め、フードをかぶる大鎚《ウォーハンマー》使いに注目した。

「おい、あれって、まさか……処刑人⁉」

「なんでこんなところに⁉　攻略の行き詰まるダンジョンに出るんじゃないのか⁉」

多くの視線を集めながらも、処刑人に扮《ふん》したアリナは全く反応しなかった。うつむいたまま無言で、しばらく立ち尽くしていた。その背中にジェイドは慌てて声をかける。

「待て、いくらお前でもレイドボスを相手には――」

「処刑人！」

ゴーレムの肩の上で、スレイが大鎚《ウォーハンマー》使いの姿を見つけ、嬉々《きき》として叫んだ。

「ひゃははは！　こいつは面白い……ギルドが血眼になって探してる奴じゃねえか！　てめえをぶっ殺してやったらギルドはさぞ悔しがるだろうなあ！」

「……っ、処刑人！」

ジェイドは思わずアリナの肩をつかんで止めた。

「レイドボスの討伐は複数パーティーじゃないと無理だ！　戦うなら他と連携を――」

「――私の癒やしを。よくも」

ジェイドの手を振り払い、その忠告を遮ってぽつり、と小さな小さな声でつぶやいた。

「え？」

「……あの家は……おうちは……仕事で疲れた私の……ただ一つの癒《いや》し……現代社会の中の……オアシス……私の……天国だったの……！　！」

「……は？」

「その、おうちを、よくも……よくも、よく、も……！」

アリナは怒りに声を震わせ、ぎゅ、と大鎚《ウォーハンマー》を握り締めた。その背中からは凄《すさ》まじい殺気が立ち上り、外套《がいとう》が怪しくゆらめく。あまりの威圧感に思わずジェイドは頬を引きつらせ、冷や汗を垂らしながらおそるおそる声をかけた。

「お、おい、しょけい――」

「ぶち、殺す!!!!」

アリナは激しい怒気とともに地を蹴り上げ、ひとっ飛びにクレイゴーレムの残った片腕へと迫った。横に振りかぶった大鎚《ウォーハンマー》を、空を唸《うな》らせ旋風を巻き起こしながら叩《たた》き込む。

めきゃ！　と痛そうな音がした。物理攻撃を全く受け付けなかったその腕は、しかしその一撃で肘から先が粉々に砕け散ってしまったのだ。

ゴォォォオオオオオ！

クレイゴーレムが悲鳴を上げ、大きく体をのけぞらせた。それまでジェイドだけを見ていたその赤い目が、たまらずぐるりとアリナを向く。

「……ハ、魔惑光《ハストル》！」

ジェイドは慌てて剣を構え、強い輝きを放つ切っ先を地面に突き刺した。アリナに向きかけた敵視《ヘイト》を再び取り戻し、ゴーレムがジェイドを向く。アリナに迫ろうとしていたその足が止まったのを確認し、ジェイドは安堵《あんど》やら驚愕《きょうがく》やらで息を吐き出した。

（な……っ、なんっつー攻撃力だよ!!　気ぃ抜いたら敵視《ヘイト》一気にもってかれる……っ）

魔法で敵視《ヘイト》を奪っていても、飛び抜けて衝撃の強い攻撃が繰り出されると、敵の関心が攻撃者へ移ってしまう。黒魔道士が時間をかけて行う大魔法の直後なんかは、敵視《ヘイト》が逸《そ》れないよう注意が必要だが——それでもジェイドは、長らく白銀の盾役《タンク》を務めてきた中で、敵視《ヘイト》が剝がれかけてひやりとすることなど一度もなかった。そもそもアリナのアレはただの殴打《おうだ》である。

（まさかここまでの攻撃力とは……！）

ジェイドは先ほどとはまた違った緊張感に眉根を寄せた。おそらくアリナが攻撃するたび、それと同時に魔惑光《ハストル》をかけ直さねば、今のように簡単に敵視《ヘイト》が剝がれてしまう。

（アリナさんの外套《がいとう》……まともな防具に見えないし、少なくともレイドボスの攻撃に耐えられそうにない……万が一でも、一撃も食らわせるわけにいかねえ……！）

ていうかそもそも魔物相手にあんなぺらぺらコート一枚だけで戦うの、タンク《こっち》の心臓に悪いからやめてくれよ——ジェイドは愚痴じみたことを胸中でつぶやきながら、緊張にごくりと生唾を飲み込んだ。盾を構え、敵の敵視《ヘイト》を一秒でもそらすまいと、アリナの動向に注視する。

「私の楽園を破壊した罪は……万死に値する……地獄に叩《たた》き堕としてやる……」

しかしアリナは、ジェイドの焦《あせ》りなど知りもせず、ぼそぼそつぶやきながら怒りのままに地を蹴り上げた。屋根よりさらに上にある、ゴーレムの顔と同じ高さまで易々《やすやす》と飛び上がり、外《がい》套《とう》の裾を大きくはためかせながら、空中で大鎚《ウォーハンマー》を振りかぶった。

「た……た！　叩《たた》き落とせクレイゴーレム！」

慌てたスレイから下された考えなしの指令通り、ゴーレムが緩慢な動きで手を振り上げた。

いや、振り上げる手はすでにない。先ほどアリナによって半分破壊されているからだ。

「死んで詫《わ》びろ……この……デカブツぅぁぁぁぁぁあああああああ！！！！」

アリナの怒りの大鎚《ウォーハンマー》がゴーレムの脳天に叩《たた》き込まれた。

（来た！　敵視《ヘイト》を——！）

ジェイドはすぐさま魔惑光《ハストル》をかけ直そうと剣をかまえ——しかし、ぴたりとその手をとめた。

ずごごごん!!

アリナの繰り出した、そのあまりの衝撃に、ゴーレムの頭が胴体にめり込み——いや、それは胴体をまっすぐ貫いて、地面に叩《たた》き落とされたからだ。

「「…………………は？」」

敵視《ヘイト》を奪い返そうと気を張っていたジェイドと、アリナのありえない打撃力をすぐそばで見ていたスレイの、気の抜けた声が重なる。
二人だけではない。処刑人の戦いを見ていた大広場の誰もが沈黙する中、頭を失ったクレイ
ゴーレムは、両足で立ったままぴくりとも動かなくなり――
「――い……一、撃で、終わった……？」
誰かがぽつりと、そうつぶやいた。静寂に包まれた大広場で、ゴーレムの巨体がふらりと傾
く。四肢の先から塵《ちり》に分解され、倒れ込む時には体の全てを霧散させて消えていた。
「う、嘘《うそ》だろ……？　嘘《うそ》だよなぁ？　俺たちの攻撃なんて、一つも効かなかったんだぞ
……？」
「これは……夢か……？」
ぽかんと口を半開きにし、驚愕《きょうがく》にざわつく冒険者たちを見ながら、ジェイドはふと、アリ
ナが防具に全くこだわらない理由を悟った。単なる無知とかそれ以前の問題で――彼女の圧倒
的な攻撃力により全てが一撃で終わるから、防具がそもそも必要ないのだ。
すたん、と着地したアリナは、しかし冒険者にもジェイドにも目もくれず、大鎚《ウォーハンマー》を担《かつ》い
ですたすたと歩き出した。
「……く、来るなアァァ――――！」
恐怖に声をうわずらせたのは、足場を失い落下したスレイだった。

「な、何者だよ、てめえ、なんだよその攻撃力⁉　人間じゃねえ、ありえねえ、ありえねえ‼」

何を言われても、アリナはただただ無言で、歩を進めた。

「なっ、何か言えよ、この、化けも――」

「他人の。」

ぼそり、とアリナはつぶやいた。

「――物を、――壊しては、――いけませんと、」

やがてアリナはスレイの元へ辿《たど》り着き、すっかり血の気を引かせて真っ白にさせる彼の、その絶望の顔を見下ろし、立ち止まった。

「ひっ」

「教わらなかったのか……この――」

ゆらり、と大鎚《ウオーハンマー》を振り上げた。

「――くそクレエマァァァァアア‼」

「ぎぇああああああ！」

めごん！　と町中に打撃音を轟《とどろ》かせ、大鎚《ウオーハンマー》が砕いたのは――スレイの顔面ではなく、スレイの耳のすぐ横。大広場の石畳だった。

しかしレイドボスを一撃で屠《ほふ》ったその大鎚《ウオーハンマー》は、スレイの意識を吹っ飛ばして失禁させるには、十分すぎるものだった。

16

夕暮れに赤く染まるイフールの住宅街。アリナは道ばたに膝《ひざ》をかかえてうずくまり、半壊した愛《いと》しい我が家を悲しげに見つめていた。

イフールの町はクレイゴーレムから受けた被害の復旧作業がすでに始まっていた。夕時となっても町は騒がしく、木材を片手に土木師たちがせわしなく駆け回っている。

とはいえクレイゴーレムを大広場に足止めし迅速《じん》に討伐したおかげで、イフールの町が受けた被害も最小限にすんだようだ。スレイは即日で冒険者ライセンスを剝奪され、地下牢《ろう》へと放り込まれたらしいが、あんなクレーマーのことなどもはやどうでもよかった。

「私の……おうち……」

「……こりゃ……派手にやられたな……」

アリナの横では、さすがのジェイドもかける言葉がないのか呆然《ぼうぜん》と立ち尽くし、凄惨なその様を眺めていた。ぐす、とアリナは鼻をすする。目の前でめちゃくちゃにされたのは、何よりも守りたいものだったのだ。

「明日からどうやって生きていけばいいの……仕事で疲れた体と心を……どこで癒やせというう

の……ローンだってあと三十年残ってるのに……こんなの……あんまりだよ……」

「あ、アリナさん――」

ジェイドは言葉を詰まらせ、しばらく沈黙した。何か迷うようにさまよわせた視線は、しかしやはり最後には、小さく背を丸めたアリナに向いた。やがて拳を固く握り締め、意を決したように、こう叫んだ。

「……こっ！　今夜!!　俺んち、泊まるか!!??」

「宿に泊まるに決まってるでしょふざけたこと言わないでくれる」

「……」

すっくと立ち上がったアリナは、石像のように真っ白になって固まってしまったジェイドを一瞥《いちべつ》すると、不機嫌に眉根を寄せてふんと鼻をならした。

「あのくそクレーマーが大暴れしたせいで私これから残業なの。さっさと消えて」

「……はい……」

ジェイドの悲しい返事が、夕闇の住宅街に響いたのだった。

17

誰もが寝静まった、深夜のイフールに、二人の男女が歩いていた。

そこは昼間、クレイゴーレムが暴れた大広場だった。大広場のシンボルでもあった転移装置《クリスタル・ゲート》は盛大に壊されたままで、まるで戦場の跡地かなにかのようだった。

――いや、レイドボスのクレイゴーレムが町のど真ん中で暴れて、これだけの被害で済んだのは奇跡と喜ぶべきか。

グレン・ガリアは顎をなでながら、唯一残った外灯にぼんやり照らされた大広場を見回した。

「ここにでたのか、処刑人は」

「ええ、そう聞いております」

答えたのはそばに控えていたひっつめ髪に銀縁眼鏡をかけた秘書、フィリだ。彼女はいかにも不満げに眉根を寄せて、眼鏡を押し上げた。

「白銀のジェイドもそうですが、どうしてあなたたちは処刑人などという不確かな存在にそこまで固執するのですか。優秀な前衛役《トップアタッカー》はギルドに数多く在籍しているのですよ」

「そりゃ、処刑人の秘めてる可能性が、とんでもねえものだからだよ」

「……神域《ディア》スキルですか」

「まだ、わからねえけどな。直接会ってみないことには。まあけど、確かめる価値はあるし、今のとこ俺もジェイドと同じ意見だ。奴を白銀に入れたい」

フィリは諦めたように小さくため息をついた。

「……あなたがそう言うならば、私は何も言いません。――ギルドマスター様」

グレン・ガリア――正しくは、冒険者ギルドの最高幹部たるギルドマスターは、にやりと口《くち》の端《は》を吊《つ》り上《あ》げた。

「へ、しくじったなあ処刑人。イフールを守ってくれたことには感謝するが、姿を現したのが運の尽きだ……恨むなよ。俺のスキルを」

グレンは右手をかざし、夜闇に向けて言い放った。

「――スキル発動《時の観測者《シグルス・クロノス》》」

18

「あぁぁぁぁ家は壊れるし結局残業だしあのクソクレーマー末代まで呪ってやる……ッ」

アリナの恨みが、深夜の事務所に響き渡った。

事務所に残る受付嬢はアリナだけだ。事務処理が半端《はんぱ》に残っているのは他の受付嬢も同じはずだが、クレイゴーレムの騒ぎを理由に何かしら言い訳をつけて早々に帰っていった。

「まあ……なんて言ったらいいかわからないけど……元気出せよアリナさん」

無責任なことを言ってくる男をじろりと睨《にら》みつけて、アリナは思いきり顔をしかめた。

「私、消えてっていったんだけど。なんでここにいるわけ」

隣のデスクに堂々座っているのは、言わずもがな、ジェイド・スクレイドである。

これがただの無関係な一冒険者だったら速攻ギルドに報告してつまみ出してもらうのだが、白銀のリーダーという冒険者ギルド幹部級相当の地位を持つ男だけに、関係者以外立ち入り禁止の受付所事務所にも、出入りする権利を持っている。まあ普通はダンジョン攻略の精鋭たる《白銀の剣》が事務所に用などあるはずがないが。

「ていうか、さすがにアリナさんも帰っていいんじゃないのか？　みんな帰ったんだろ」

「帰る？　この書類の山を置いて？　……そうね。かつては私もそうやって、『今日は気分が乗らないから後日やる気のある日に持ち越そう派』だった……」

「え？」

「でも！　気づいたの！　今日の甘えを清算するのは明日の自分……！　なにより残業に対するやる気なんて、これっっっっっっぽっちも生み出されやしないのよ！　しかも後回しにすればするほど恐ろしいくらいに膨れ上がっていく……だったら今！　片付けて！　私は明日、定時で帰るのよ！！！」

「意外とくそ真面目だよなアリナさんって」

「それにどうせ今日は、私みたいな家をなくした客でどこの宿もいっぱいだろうし。職場なら寝泊まりセット一通りそろえてあるし」

「寝泊まりセットがそろってるあたりがまた……ん？　おい待て、宿がねえってことは、やっぱり俺ん家に泊まるのが一番――！」

「職場で寝る方が百億倍マシ」

「そんなぁ……」

「だーかーらー！　鬱陶しいからさっさと消えてってば！」

「それは嫌だ。町の復旧騒ぎに乗じて悪いこと企《たくら》む奴が出てくるからな……女の子一人置いとくわけにいかないだろ。アリナさんの残業が終わるまで俺はここで待ってる」

大義名分を得たとばかり嬉《うれ》しそうにニコニコ笑うジェイドを一瞥《いちべつ》し、アリナは一層眉根を寄せながら手元の書類に視線を移した。

「だからそういうのは余計なお世話だって言ってる。変なのが来たら自分でぶん殴る」

「まあそうかもしれないけどさ——それよりアリナさん、こっちの書類の山片付いたぞ」

「は⁉　もう⁉」

衝撃の報告に、がたん！　とアリナは椅子を蹴って立ち上がった。

先ほどからジェイドがアリナの周りをうろちょろして鬱陶しいばかりか、残業を手伝うとうるさいので、適当な指示と書類の山だけ与えて放っておいたのだ。

「あと簡単な記入漏れとかミスがいくつかあったから修正しておいた」

「……」

アリナは震える手で受け取った書類をざっと確認し、言葉をなくした。そこには、まるで歴戦の受付嬢が処理したと言わんばかりの、完璧な処理済み書類ができあがっていたのだ。

（早い……！　適当にさわりくらいしか教えてないのに……！　処理も正確だし、並べ順にまで配慮した丁寧な書類の束のまとめかた……なによりチェックまで終わってる！）

アリナは凶悪な魔物と相対した時なんかよりもずっと顔を青くし、愕然《がくぜん》と目を見開いた。

事務作業なんて、一つ一つの作業は地味で単調で簡単だ。しかし問題は、処理しなければならないその圧倒的な数である。そして受注業務は公務という特性を持っている以上、くだらない表記ミス、記入漏れ一つでも許されない。

毎日すさまじい数の書類をこなす受注業務は、体力勝負と言っていい。膨大な書類を相手に、ミスなく処理し、もう一度確認し、ミスに気づけるか。つい適当に流しがちな書類チェックを侮《あなど》ることなく完璧にこなせるようになって、初めて一人前なのだ。

（この数の書類をミスなく短時間でこなすうえに、零時も近いこの深夜において、高いレベルで保たれている集中力……！　なんというタフさ……こ……この男……できる……！）

ぎゅ、と書類を握り、アリナは唇を噛《か》んで数秒沈黙した。次の山に取りかかろうとしているジェイドにちらりと視線をやりながら、座り直す。

「……ねえ。あんたってもしかして、こういう事務仕事、前やってたりしたの？」

「いや？　俺はずっと冒険者一筋だぞ。まあたまに剣とか盾の立ち回りの参考に指南書読むくらいはしてたけど、事務作業とは縁がなかったな」

ジェイドのあっけらかんとした答えに、は、とアリナは顔を強《こわ》ばらせた。

（そうか、こいつ、『少しの理解である程度最初からミスなくできちゃう器用タイプ』か！）

それとは正反対の、『どんなに頑張ってもとりあえず全ての地雷を踏み抜いて一通りミスしないと身につかない不器用タイプ』であるアリナは、ギリ、と奥歯を噛《か》みしめた。

今ジェイドがやってのけた事務処理だって、アリナが完璧にこなせるようになるまでは、半年以上を要したのだ。

「……っ」

なにか受付嬢としてのプライドがずたずたに引き裂かれていく気持ちがして、アリナはぼそりと低い声をひねり出した。

「……ムカつく……いっっっっっちばんムカつくのよあんたみたいなのが……!!」

「え？　なんか言っ――」

「私が受付嬢として頑張ってきた苦痛と涙の三年間を、ポッと出てきて一瞬で飛び越えていくあんたみたいな器用な奴が、一番ムカつくのよ――――ッッ！！！」

叫ぶとともにアリナは机に突っ伏し、ガンガンと書類の散乱するデスクを殴りつけた。

「なんでっ世の中はっこんなに理不尽なのーっ!!」

「おち、落ちつけアリナさん！　俺がすごいんじゃなくてアリナさんの教え方がうまかったんだって！　そうだって！」

「……う、うぅっ……なんかもうやだ……人は生まれながらにして不公平ということをまとめて味わった一日だった……もうどこからもやる気がでてこない……頑張れない……」

「よ、よしアリナさん、あとは俺に任せて今日はもう寝ろ。全部完璧に片付けてやるから」

「それはそれで受付嬢としてのプライドが許さないの！」

半分涙すら浮いている目で、慌てるジェイドを恨みがましく睨《にら》み上げたその時だ。

ことん、と床に硬いものが落ちる音がした。

「……？」

ふとその音に視線をやる。灯《あか》りに照らされぼんやりと光るは、かろうじて太陽の魔法陣を内包した半欠けの赤い石。いつぞやジェイドを脅すため握り砕いた赤水晶《レッドオーブ》の欠片《かけら》だった。

「……これって、前にアリナさんが握り潰した赤水晶《レッドオーブ》……だったものか……？」

アリナにつられて目をやったジェイドが、その日の恐怖を思い出したのか、若干顔を青くする。アリナはぐすっと鼻をすすりながら赤水晶《レッドオーブ》の欠片《かけら》を拾い上げた。

「そう。書類の重石《おもし》にちょうど良かったから使ってたの」

「貴重な遺物《レリック》を重石《おもし》に……」

「なによ」

「いやなんでもな……──ん？　そのオーブの中、何か書いてあるのか？」

拾った拍子に割れた断面が視界に入ったのか、ジェイドがふと怪訝《けげん》に指さした。言われて初めてアリナも赤水晶《レッドオーブ》の欠片《かけら》をひっくり返し、その荒々しい断面に、小さな金色の文字が刻まれていることに気づく。

「確かに何か書いてある……ていうかその距離から見えたの……この小《ち》っさい文字……」

「言ったろ。俺、目いいんだ」

そういえばこいつの目のよさによってアリナも冒険者という副業が暴かれたのだった。嫌なことを思い出して顔をしかめながら、アリナはその小さな金文字を読み上げた。

「……〝クエ……スト……受注〟……………？」

聞き慣れた文言を口にした、その瞬間――カッ！　と欠片《かけら》から強い光が放たれた。

「！　下がれッ！」

目がくらみそうな発光に、アリナは思わず顔をそらす。素早く反応したジェイドがアリナの手からオーブをはたき落とし、自分の背の後ろへと強引にアリナを引っ張った。

「うわっ、ちょっ！」

床に跳ね落ちた赤水晶《レッドオーブ》の欠片《かけら》は、しかし強く発光しながらふわりと浮き上がり、同時に、金色の文字がらせんを描くように空中に飛び出した。

「なんだ……⁉」

黄金の文字たちは空中でたちまち整然と並び、一つの文章を形成した。

「な…………なんだこれ……受注書、……か？」

空中に浮かび上がる文字を読み、ジェイドが眉をひそめる。ずいぶんと派手な演出で出てきた割には慣れ親しんだ文言が目に入って、アリナもきょとんと目をしばたいた。

指定冒険者階級：なし
場所：白亜の塔
達成条件：全階層《フロア》ボスの討伐
なお依頼者は明記しない。受注者のサイン省略。
上記内容により、クエスト受注を認める。

しばらくすると金色の文字たちはふっと溶け消え、赤水晶《レッドオーブ》の欠片《かけら》から光が失われていった。ごとり、とただの欠片《かけら》に戻った赤水晶《レッドオーブ》が床に転がり、後には沈黙だけが取り残される。

「……」

アリナは数十秒、物言わぬ赤水晶《レッドオーブ》の欠片《かけら》を見つめ、呆然《ぼうぜん》とつぶやいた。

「……疲れてるのかな……」

「夢じゃないぞアリナさん」

ジェイドが慎重に赤水晶《レッドオーブ》の欠片《かけら》を拾い上げた。中に刻み込まれていた金色の文字は影も形もなくなっている。

「今の、受注書、だよな。どうみても」

「……まあ、そうね」

アリナもジェイドも腐るほど受注書を見てきたのだ。こればかりは間違えようがない。金文字が記したものは、確かにダンジョンに課されるごく一般的なクエストと同じだった――遺物《レリック》から文字だけ飛び出してきたという点を除けば。

「遺物《レリック》から受注書……？　それに、〝白亜の塔〟なんてダンジョンは聞いたことがない」

「ええ、とても不思議ね。じゃ、その妙な遺物《レリック》はあげるからあとは白銀で頑張ってね」

「アリナさん、明らかに見なかったフリしようとしてるだろ」

「当然よ。そんなどう転んでも面倒臭そうなものに関わるわけないでしょ」

「……」

「なによその何か言いたそうな目……！　私はねぇ、ただでさえ受付嬢としての業務に追われてるの。目の前の書類の山が見えるでしょ⁉　私には関係ないからね！」

言い捨てると、ジェイドは諦めたように小さく息をついて、赤い遺物《レリック》をじっと見つめた。

「まあ、そうだな。とりあえず、この遺物《レリック》を調べるのが先か」

19

クレイゴーレムの一件から一週間。

滞っていた業務も解消し、残業も思った以上に早く片付いて、イフール・カウンターは今日も平和だった。アリナにとっては何よりのことだが、しかし今朝発行された新聞を見てアリナは顔面を蒼白《そうはく》にしていた。

『処刑人、イフールが拠点か？　ギルドがほしがる逸材、今はどこ』

一面に躍る見出しを読んで、アリナは手のひらで顔を覆う。

——またやってしまった。

クレイゴーレムが大暴れしてから一週間たった今となっても、新聞の一面は処刑人に関する記事で飾られていた。イフールを危機から守ったとして、ギルドは処刑人に相当額の討伐報酬を与えることを表明したが、処刑人が賞金を受け取りに来ることはもちろんなく、当然と言えば当然だがギルドは今後イフールを重点的に探すことにしたようだ。

（あああああまたやっちゃったあぁぁぁぁ……っ）

家を壊された怒りで全てが吹き飛んでしまった結果がこれである。

しかも今度はダンジョンなどという限定された空間ではない。町中のど真ん中、多くの冒険者たちが注目するそのただ中で暴れたのだ。

「なんでいつもこうなるの……ていうかそれもこれもクソゴーレムが私の家壊すから——！」

「あー、先輩またカリカリしてるー」

突如背後から声がかかって、思わずアリナはびくりと肩をふるわせた。慌ててふり向くと、くりくりした大きな瞳にツインテールをぴょこりと動かしながら、新人受付嬢のライラがこちらをのぞき込んでいた。

「なんだライラか。びっくりした」

「なんだとはなんです。先輩こそまた眉間にシワ寄ってますよ！」

むむっと頬を膨らませながらもそれは一瞬で、ライラはころりと屈託のない笑顔を向けた。

「それより先輩！　先日はクレーマーの対応で助けてくれてありがとうございました」

一週間前、有名クレーマーのスレイに絡《から》まれた一件である。

「先輩、めちゃくちゃイケメンでした！　先輩が男なら間違いなく惚《ほ》れてました！」

「ま、まあ……ああいうのの相手は、いきなり新人にはきついからね……」

あの時アリナが大衆の面前でうっかりスレイをぶん殴りそうになっていたなど、この後輩はつゆほども考えていないだろう。アリナは苦笑いしながら視線を宙に泳がせた。

ライラの尻拭いは今に始まったことではない。アリナにとってライラは、入所して間もないということを差し引いても出来のいい後輩とは言い難《がた》いが、こういう素直なところが、彼女の憎めないところなのである。

「でも、ジェイド様もおっしゃってましたが、あまり無茶しないでくださいね。アリナ先輩は意外と隠れファンが多いんだから、そのお顔が傷ついたら大変――ん、何読んでるんです先輩」

「あ、いやこれは」

「これは……例の処刑人ですね！」

めざとく新聞を見つけたライラは、その一面に躍る見出しを読むなり、たちまち目を輝かせて、鼻息も荒くアリナに詰め寄った。

「ということは！　先輩は〝処刑人推し〟なんですね⁉」

「……ショケイニンオシ？」

「やだなもー、〝ジェイド推し〟か、〝処刑人推し〟か、ってことですよ！」

「いやなにその恐ろしい二択」

顔をしかめるアリナに向かって、ライラはいかにも偉そうに人差し指を立て、とんでもないことを告げてきた。

「先輩、知らないんですか？　今や処刑人様はジェイド様にひけをとらないくらい、女子の間で大人気なんですよ！」

「は？　…………は？」

「何も語らず、正体すら明かさず、どこからともなく現れては、常人には決してなしえないことを平然とやってのけ、人々のピンチを救ってまた消える……最っっ高にクールじゃないですか！　なにより強い！　これは推せる！」

「そ、そう……」

「何を隠そう私の推しも処刑人様なんですよぉ」

そう言ってうっとりと目を細めるライラの顔は、完全に恋する乙女のそれだった。

「顔も見えないのに？」

「あのフードのなかはイケメンに決まってます！　これは確定事項なんです！」

ふんす！　と鼻息を荒くしてライラはアリナに詰め寄った。

「彼はイフールを救った英雄なんですよ！　報酬金を出すと言っても、それでも名乗り出ない徹底ぶり！　きゃーもーかっこいいー！　私をあの大鎚《ウォーハンマー》で殴って欲し──ん、ごほん！　守って欲しい……」

「……」

何やら飛び出しかけた欲望を言い直しつつ、妄想の中の処刑人に思いを馳《は》せてくねくねと悶《もん》絶《ぜつ》するライラ。アリナはもはやため息すら出なかった。

どうやら処刑人は、世間で勝手にミステリアスな正義のイケメン冒険者になっていたらしい。

「しかもこの前のクレイゴーレムの時は、まさかまさかのジェイド様との夢の共闘！　先輩見ました⁉　こんな豪華なことあります⁉　イケメン最強盾役《タンク》とイケメン最強攻撃役《アタッカー》！　これは妄想もはかどりますよね……！」

「そう。幸せそうでよかった」

ひとまずどうやら顔は見られていないようだ。安堵《あんど》するやら、呆《あき》れるやらで、アリナがため息をついた――その時だ。

「ギ、ギルドマスター様！！？」

素っ頓狂な声がイフール・カウンターに響き渡った。次いでばたばたと騒々しくすっ飛んできたのは、いつも事務所の机でお茶をすすっているだけのカウンター長だ。

机から動かざること岩のごとしと呼ばれる、滅多なことでは決して事務所の奥から出ようとしない彼が、今日は顔色を変えて汗をだらだらさせながら、突如現れた客を出迎えた。

「え⁉　あ、あれって……ギルドマスター様……⁉」

カウンター越しにその客を見て、ライラも驚愕《きようがく》に息を呑んだ。

ライラだけではない、イフール・カウンターにいる誰もが目を見開いて視線を向けた先――

そこには、ギルドの紋章が織られたマントを揺らし、初老の男が立っていた。

短く刈り上げた頭に、鋭い目つき、浅黒く焼けた肌。顔に皺《しわ》こそあるものの、受付所にいる若い冒険者にも劣らない体格。

（ギ、ギルドマスター……グレン・ガリア⁉）

アリナもまた、その珍客の来訪に驚いた。

グレン・ガリア。現役時代には〝最強〟の名をほしいままにした大剣使いの前衛役《トップアタッカー》であり、今は冒険者ギルドの最高権力者、ギルドマスターを務める男だ。

「ギギギギルドマスター様、こ、こんなところにわざわざ……！」

カウンター長の明らかな動揺ぶりも当然だった。冒険者を中心に栄えたイフールにおいて、その中核たる冒険者ギルドの長は、イフールの実質の権力者といっていい。町中の一受付所にふらりと現れるような人ではないのだ。

「まあそう構えるな。ちょっと暇ができたから町を回ってるだけだ」

厳《いか》つい見た目に反してグレンは気さくに笑うと、カウンター長の肩にぽんと手を置いた。

「し、しかし、事前にいらっしゃるとわかっていれば」

「がはは！　いい、いい、俺なんかに気を遣うな。この近くに処刑人が出たって聞いたから、ちょっと暇つぶしに寄っただけよ」

ギルドマスターの口から出た言葉に、ぎくりとアリナは全身を強ばらせた。

「せ、先日のクレイゴーレムの件ですね」

「ずいぶんと活躍したそうじゃないか。あれの存在は俺も気になっていてね」

グレンはぐるりとカウンターを見回すと、気まぐれに目をつけた窓口に歩み寄った。

アリナの窓口だ。

（な……なんでこっち来るのおおおおおおおおっ）

大都市イフールの実質の最高権力者。言うまでもなく一番バレたらまずい相手だ。緊張がアリナの顔から血の気を引かせていく。嫌な汗が首筋を流れ落ちる間に、ギルドマスターはアリナの目の前までやってきた。

「やあ調子はどうかな、可愛《かわい》らしい受付嬢さん」

間近で見ると彼の迫力は凄《すさ》まじい。

かつて大陸中にその名を轟《とどろ》かせた、最強の冒険者。毎日窓口でさばいている冒険者とはやはり纏《まと》っている空気が違う。全てを見透かしていそうな目がアリナを余計緊張させる。

カウンター長がなにか粗相でもしでかさないかとハラハラ見守る中、アリナはそれでもなんとかにこりといつもの接客用の笑顔をつくってみせた。

「特に問題なく」

「そうかそうか、そりゃ、なによりだ――」

がはは、と豪快に笑ったグレンは、ふと思いついたように言葉を続けた。

「ところで、嬢ちゃんは俺のスキルを知ってるか」

「もちろんです」

考える間もなく、アリナは頷《うなず》いた。

「スキル〈時の観測者《シグルス・クロノス》〉。その場の時を止めることができる超域《シグルス》スキルで、時を巻き戻して過去の事象を見ることも可能な――」

言いながら、ふとアリナは何か嫌な予感がした。答える声は尻つぼみに小さく消えていく。

既視感とでもいうのだろうか。あの時と同じだ――そう、ジェイド・スクレイドとかいうあのクソ白銀野郎が堂々窓口にやってきて、処刑人の顔を見たとか告げてきたあの――

「正解だ。さすがは受付嬢だな」

「あ……ありがとうございます」

笑顔を引きつらせるアリナの動揺を見抜いたように、グレンがすっと目を細めた。

「そう、俺のスキルを使えば、例えば正体不明の処刑人が現れたあの大広場の時を止め、一週間前に巻き戻し、そのフードの奥にある顔をのぞき込むことだってできる」

「ああ、ギルドマスター様！　処刑人の正体を見破りに来たのですね」

「半分正解だ、カウンター長」

アリナをじっと見つめたまま、グレンはにやりと口《くち》の端《は》を吊《つ》り上げて、次にとんでもないことを言い放った。

「――実は、もう見た」

どくん、とアリナの心臓が跳ね上がった。

――今……なんと言った？

アリナはカウンター越しに立ちはだかるギルドマスターへ呆然《ぼうぜん》と視線をやり、立ち尽くした。

グレンの鋭い視線はいつまでもアリナに向き続けている。どくん、どくん、と心臓が狂ったように暴れ出し、目の前のグレンの顔がうっすらと遠のきそうになる。

「で、では、処刑人の正体がわかったのです……？」

恐る恐る尋ねたカウンター長の問いがどこか遠くの方で響いていた。世間を騒がせた処刑人の正体がついに明かされんとするその瞬間に、イフール・カウンターに緊張が走る。ついにざわめき一つなくなり、その場にいる誰もがギルドマスターの答えを待った。

——終わりか。

頭の片隅で、どこか他人ごとのようにそんなことを思った。

——終わりなのか。

長い沈黙の後、グレンはしかし、ふっとアリナから目をそらし、大仰に肩をすくめてみせた。

「いやあ、残念ながら、わからなかった」

演技がかった仕草で顔を覆い、首を大きく振って彼は続けた。

「〈時の観測者《シグルス・クロノス》〉はあくまで過去の事象を〝のぞき見る〟ことしかできないからな。過去そのものに干渉することは一切できない——奴め、あのフードの中で、さらに仮面をかぶってやがった。用意周到な奴だ。俺のスキルを見越してやがった」

「そ、そうでしたか……ギルドマスター様のお力をもってしてもわからないとは……」

カウンター長ががくりと肩を落とし、イフール・カウンターにふたたび喧騒《けんそう》が戻る。ただ、アリナだけがいまだ顔面を蒼白《そうはく》にして、石像のように凍りついていた。

——仮面なんてかぶっていない。

その場にいる中で、ただ一人アリナだけが、確信していた。

ああ、これは——バレた。

「《白銀の剣》には早急に優秀な前衛役《トップアタッカー》が必要だ。処刑人……いや大鎚《ウォーハンマー》使いは是非とも白銀に迎え入れたい。しかし奴は、どうやらテコでも入りたくないらしい」

チラリとグレンはアリナを一瞥《いちべつ》した。その目は、処刑人の正体を知ったジェイドの目と同じものだ。彼は、目の前のカウンターに立つこの受付嬢が誰なのかを知っている。知ったうえで言っている。イフール・カウンターに現れたのも、単なる暇つぶしなどではなかったのだ。

「さて、あんまり仕事の邪魔をしても悪いし、そろそろ帰ろう。邪魔したな、お嬢ちゃん」

白々しく笑って、グレンはすっとアリナに顔を寄せた。

「──ここでは話しづらい。裏に馬車を用意した。ギルド本部まで来い」

「！」

潜めた声で告げられて、アリナは目を見開いた。は、と顔を上げた頃にはもうグレンは窓口を離れようとしていて、外まで見送ろうとするカウンター長を制していた。

「……」

結局グレンは、アリナの正体を誰にも告げず、去って行った。

20

馬車の中は重い空気が立ちこめていた。

「バレた……バレた……バレた……」

アリナは席の端っこに膝《ひざ》を抱えて顔をうずめ、先ほどから呪詛《じゅそ》のようにぶつぶつつぶやいていた。その周囲だけどんよりと黒い空気が渦巻いている。

ご丁寧にもイフール・カウンターより離れた人目に付かない裏路地に、送迎用の馬車は用意されていた。死んでも乗りたくなかったが、正体がばれた以上アリナに選択肢などない。

真っ青な顔で午後休をもらい、こうしてアリナを乗せた馬車はイフールを出て、少し離れた場所にある冒険者ギルド本部に向かっていた。

送迎用に馬車が用意されるなど金持ちにしか許されない好待遇だが、しかし気分は断頭台に向かう死刑囚、もしくは出荷される家畜のそれである。

（バレたバレたバレたいつかバレると思ってたけどやっぱりバレたあぁぁぁ………）

クビ。そんな単語が脳内をぐるぐるまわっていた。

もはや自分が愚かすぎて笑えてくる――いや状況的には全く笑えないが。

今回ばかりは本格的にまずい。ジェイドのように力で脅してどうにかなる相手ではないし、そもそもギルドマスターを脅したらクビどころではない、人生と社会的にさよならだ。

「まあそう落ち込むなよ、アリナさん」

横から慰めにもならない言葉がかかった。アリナは隣に座る男――ジェイド・スクレイドを睨《にら》みつけ、どさくさに紛れて背中をさすろうと伸びてきた手をばしんとはたく。

送迎用の馬車には、すでにこの男が乗り込んでいたのである。向かいの席には、他に二人の冒険者も控えていた。

長い魔杖《ロッド》を持った小柄なおかっぱ少女と、黒いローブを着た長身痩軀《そうく》の魔道士の男。アリナはその二人を知っていた。ルルリ・アシュフォードとロウ・ロズブレンダ――どちらも有名な一級冒険者であり、強力な超域《シグルス》スキルを持った《白銀の剣》の一員である。

ギルド本部に着くまでは力尽くでも逃がさないとでも言いたげな布陣だ。

「元気出せってアリナさん。ギルドマスターもそんないきなりとって食ったりしねえよ」

「話しかけないでくれるチクリ野郎」

「お、俺がチクったんじゃないんだっ、それだけは信じてくれっ」

「うるさい……どっちでもいい……あんたなんか大嫌い。タンスの角に小指ぶつけて死ね」

「な……！！」

それは完全な八つ当たりだったが、ジェイドは雷に打たれたように表情を強ばらせ、唇をわななかせた。

「だ……だ……だい……きら……い…………」

とたん、ジェイドは生気を抜かれたかのように顔面を真っ白にさせ、アリナと同じように膝を抱えて背を丸めた。

「クソとか死ねとか消えろとかは言われてても嫌いとは言われてないってのが俺の唯一の救い

「ジェイド、それたぶん最初からだいぶ嫌われてるのでむぐぐ」

「傷心の男にトドメを刺すのはやめるんだルルリちゃん」

的確なつっこみをいれようとする回復役《ヒーラー》のルルリの口を、黒魔道士のロウが慌ててふさいだ。

「だって事実なのです」

「恋する男は繊細なんだ」

「ジェイドが恋ですか……どんな美女に言い寄られても見向きもしてこなかったあのジェイドが……応援したいけど見た感じ脈なしなのですむぐぐ」

「ルールルーリーちゃーん」

「現実は受け止めないといけないのです」

「でも、ジェイドに見向きもしない女の子がいたんだな。俺はそっちにびっくりだぜ……」

ぼそぼそ言い合うおかっぱ少女と赤髪の黒魔道士、そして隅っこで真っ白になっているジェイド。こいつらほんとに今私の受付嬢人生を終わらせようとしている自覚あるのかと問いただしたくなるのんきな白銀たちを一瞥《いちべつ》し、アリナは馬車の窓に重いため息をぶつけた。

「にしても――ほんとにこんな可愛《かわい》い子が処刑人だってのか？」

こらえきれなくなったように身を乗り出したのはロウだ。

「ヘルフレイムドラゴンをぼこぼこにして、クレイゴーレムを一撃で屠《ほふ》った？　この子が？

俺にはただの……受付嬢にしか見えないんだけど……」

「いまにわかる」

ぼそりとジェイドが答えたが、それでもロウはまだ納得がいかない様子で首をひねった。

「……でも、アリナさんが処刑人だとして、本当は受付嬢をやりたいのですよね」

横から不服げに口を挟んだのはルルリだ。

「いくら強いからってそれをむりやり冒険者やらせるなんて、ちょっとひどいのです」

「それは俺もそう思うね」ルルリの指摘にロウが深く頷《うなず》いた。「女の子の嫌がることをするなんて男の風上にもおけねえし──そもそも嫌々組まされたパーティーなんてすぐ崩壊するに決まってる。俺たちだって気まずいし」

「ねえジェイド？　ヘルフレイムドラゴンの時に私たちは助けられているし、イフールも処刑人に救われているのです。こんな恩を仇《あだ》で返すようなこと、ギルドマスターが一番嫌がりそうなことなのです……ジェイド、絶対何か聞いてるんですよね？　おとなしく吐くのです！」

「……それは内緒だ」

それだけ言って、ジェイドは黙り込んだ。

21

イフールの町よりやや離れた場所に立つ、石造りの巨大な要塞。見張り塔にギルド旗がそびえ、堅牢《けんろう》な鉄門を越えると小さな町ほどの広さがある。

冒険者ギルド本部――かつてS級ダンジョンだったそこを当時ギルドの精鋭に所属していたグレン・ガリアが完全攻略し、今は冒険者ギルドの本拠地として活用されている。

白銀たちに囲まれながら、アリナは石造りの長い廊下を進んでいた。やがて大きな両開きの鉄扉《てつぴ》を開けた先、そこは広い中庭だった。中庭といっても花やベンチなどはなく、大人数で戦うレイド戦も余裕で収まりそうな広い空間を、高く堅牢《けんろう》な塀がぐるりと取り囲んだだけの無機質なものだった。むしろこれは庭というより――

「……闘技場？」

話がしたいからと人を呼びつけるにはあまりにふさわしくない場所の選定に、思わずアリナは眉をひそめた。

「ここはギルドが所有している中でも最大の訓練場だ」

答えたのは、広い空間にぽつんと立っている一人の男だった。

「！」

ギルドの紋章が織られた赤い外套《がいとう》をはためかせ、使い込まれた大剣を背に装備した壮年の戦士――ギルドマスター、グレン・ガリアがアリナを待ち受けていた。

彼のそばにはいかにもお堅そうな眼鏡をかけた女性秘書が控え、本当にこんな小娘が処刑人なのかといわんばかりの目でこちらを観察している。

「……話ってなんですか」

むす、と唇をひん曲げて、無愛想にアリナは尋ねた。

もはや末端の一受付嬢がギルドの最高権力者に対してとっていい態度ではないが、どうせクビになるのだと、アリナは半分開き直っていた。対するグレンも、アリナの無礼には全く気にとめることなく、むしろまじまじとアリナを眺めて、不思議そうに首をひねった。

「いやぁ、しかし、見れば見るほど普通の受付嬢なんだよなぁ――〈時の観測者《シグルス・クロノス》〉で処刑人の顔を見た時、どれだけ俺がびっくりしたかわかるか？　――……未《いま》だに信じられん」

「そんな話をするためだけに呼び出したのなら帰りますけど」

不機嫌に眉根を寄せてアリナは続けた。

「荷物まとめて実家に帰る準備をしないといけないんです」

「待て待て、嬢ちゃんは白銀に入るんだ、荷物をまとめてもいいが行くのは実家じゃない」

「ふん、私をクビにしたきゃすればいいですよ。でも私は白銀には入りませんからね」

「まあまあ待て――何か勘違いしているようだが、そもそも俺が嬢ちゃんをここに呼んだのは、むりやり白銀に入れるためでも、まして受付嬢をクビにするためでもない」

「え？」

予想外の言葉に、アリナは目をしばたいた。

「そりゃだってそうだろう。俺も元冒険者だ、権力に物を言わせていやいや白銀をやらせたって、いいパーティーにはならないことくらいはわかってる」

「……じゃあなんで呼んだんですか」

その質問を待っていたとばかり、にやり、とギルドマスターは笑って言った。

「俺と勝負しろ。処刑人」

一瞬アリナは、何を言われたのか理解できなかった。

「……は？」

アリナは思わず、不敵にこちらを見つめるグレンの顔をまじまじと眺めた。

「勝負……？」

「そうだ。白銀に入るか入らないかを、男らしく拳で決めようじゃねえか」

「女ですけど」

「細かいことはいいんだ」

「……」

どうやら本気で言っているらしい。グレンの真意を探ろうと、アリナはすっと目を細めた。

「……私が勝ったら、なにをしてくれるんですか」

「ギルドは処刑人から手を引く」

「！」

「これから嬢ちゃんが処刑人になってダンジョンに潜ろうが、副業しようが、受付嬢としての立場を脅《おびや》かすことは一切ないと約束しよう。ただし、俺が勝ったら、嬢ちゃんには大人しく白銀に入ってもらう」

「……！」

提示された勝利報酬に、アリナは目を見開いた。

受付嬢クビの危機から解放される。それはつまり、今後アリナは何の心配もなく永遠に受付嬢でいられるということだ。何百万という報酬金だの、ギルドの精鋭に指名される名誉だのというものなんかより、遥《はる》かに価値のあるものだった。

「どうだ。嬢ちゃんにとっても、悪い話じゃねえはず――」

「スキル発動〈巨神の破鎚《ディア・ブレイク》〉」

答える代わりに、アリナは一歩、前に進み出た。

受付嬢としての立場が永遠に確約される。勝負を受けるか受けないか、考えるまでもない。

アリナのブーツを起点として白い魔法陣が浮かび上がり、虚空《こくう》から一振りの大鎚《ウォーハンマー》が音もなく生み出された。

「し、白い魔法陣に……大鎚《ウオーハンマー》……！」

「じゃあやっぱり、アリナさんが処刑人なのです⁉」

後ろでうろたえるロウとルルリを捨て置き、アリナは大鎚《ウオーハンマー》を握り締め、一歩一歩グレンの元へと近づいていく。

「そうだ……そうこなくてはな！」

グレンのどことなく嬉《うれ》しそうな声を聞きながら、アリナは彼の大剣の間合い、そのギリギリで立ち止まった。敵をまっすぐ見据え、静かにたたずむアリナと相対し、グレンの表情ににわかに緊張の気配が走る。

「だがまあ、言っておくが、そう簡単に俺に勝てると思うなよ」

仰々しい外套《がいとう》を取り外し、グレンもまた背中の大剣を抜いて不敵に口《くち》の端《は》を吊《つ》り上げた。

――グレン・ガリア。現役時代は最強の攻撃役《アタッカー》と呼ばれた伝説的な冒険者。

〝百年に一人の奇跡〟と称された超域スキル《シグルス》〈時の観測者《シグルス・クロノス》〉を駆使し、時を操りながら戦う姿は現世に現れた神のごとく、大剣を振り回し敵を薙《な》ぎ払《はら》っていく姿は暴れる獅子《しし》のごとし。彼が突破したダンジョンの最多攻略数は未《いま》だ破られず、名実ともに冒険者の頂点に立った男だ。

「〈時の観測者《シグルス・クロノス》〉は超域《シグルス》スキルの中で最強といわれたスキル。どんな怪力を持とうが俺のスキルの前には無意味だ。全てを止めちまうんだからな……さあ嬢ちゃん、いや処刑人！　時を止める俺とどう戦う？　この俺のスキルを簡単に突破できると思へぶぁッ！」

グレンの挑発が皆まで言い終わるのを待たず、彼の不敵な笑みにそのまま大鎚《ウォーハンマー》の先端がめり込んだ。めきき、と嫌な音を立ててグレンの顔を半分くらいに圧縮し、次いで思い出したように体がはじけ飛んだ。折れた歯が何本かすっとび、ずがが！　と地面をめり込んで進むグレンの老体は、遠くの壁に激突してようやく止まる。

——一瞬だけ、静寂が訪れた。

「マ……マスターさまあああああ⁉」

そのあまりに容赦ない吹っ飛ばされ具合に、思わず秘書が悲鳴を上げて駆け寄っていく。倒れたまましばらく動けなかったグレンだが、呻《うめ》き声を上げながらなんとか起き上がった。

「ふ、不意打ちだなんて！　なんて卑怯《ひきよう》——」

き、とアリナを睨《にら》みつけ、苦言を申し立てる秘書は、しかし途中で息を呑んだように凍りついた。アリナを見た彼女は、まるでそこに化け物でも見たかのように、みるみる顔を真っ青にさせ、しまいにはヒッと小さく悲鳴を上げたのだ。

「お互い武器を抜いてるのに、いつまでもごちゃごちゃ喋《しゃべ》ってるのがいけないんでしょ……」

低くつぶやいたアリナの全身からは、それまでため込んでいた全ての負の感情が凝縮された、禍々《まがまが》しいオーラが解き放たれていたのだ。

「——私が勝てば……ずっと受付嬢でいられる……あとは、一時的に発生する残業さえ、なくなれば……私の理想の平穏が待ってる……！」

ぶつぶつつぶやきながら、ず、ず、と大鎚《ウォーハンマー》を引きずり、目の前の獲物にゆっくりと近づくその禍々《まがまが》しい姿は、まさしく、罪人を一方的になぶり殺す〝処刑人〟の名がふさわしかった。

「……！」

その殺気に、周囲が思わず言葉を失う中、アリナはぼそりと感情のない声でつぶやいた。

「ギルドマスター様。力で決着をつけようとは、慈悲深きお心遣い。感謝いたします――」

次の瞬間、アリナの双眸《そうぼう》がカッ！　とかっ開き、一つの躊躇《ちゆうちよ》もなく石床を蹴り上げた。

「そして死ねえええええええええ！！！」

ぎゅん！　とアリナが瞬《また》く間《ま》にグレンに迫った。その鬼気迫る表情と一切容赦のない殺気に、本能的に危機を察して慌てたのはジェイドだ。

「だ、だからあれほど下手に挑むなって――スキル発動〈鉄壁の守護者《シグルス・ウオール》〉！」

ジェイドは赤い大盾を構えながらグレンの前に割り込んだ。

「落ち着けアリナさん！　いくらなんでも本気の打撃はマスターが死」

「邪魔だチクリ野郎があああああああああああ！！！」

雄叫《おたけ》びとともに振り回した大鎚《ウォーハンマー》がジェイドの大盾に真正面から叩《たた》き込まれた。

これまで多くの強敵たちの、全ての攻撃を受けきってきた遺物《レリック》の盾は、めきぃ！　とすさまじい音を訓練場に響き渡らせた。ジェイドの全身がその一撃を受けきれずに浮き上がり、大盾まるごと、きりもみしながらすっとんでいった。

「ぐほぁッッ‼」

それは勢いを殺すことなく塀まで到達し、背中から叩《たた》きつけられて、ジェイドはそのままボロ人形のように崩れ落ちる。

「ジェイドォォォ！！？」

訓練場の端でピクピクしているジェイドを見て、そのあまりに凶暴な攻撃力に、なんとか立ち上がったグレンも顔を青ざめた。

「嘘《うそ》だろおい、ギルド最強の盾役《タンク》吹っ飛ばしちまうのか⁉⁉」

「ルルリちゃん……俺の目が節穴じゃなければ……リーダーが……吹っ飛ばされたように見えたんだけど……？」

「……たぶん、見間違いじゃないと思う……のです……」

反射で武器をぬいたロウも、最強盾役《タンク》が一撃でノされるという見たこともない光景にうかつな攻撃ができないでいた。隣で治癒光《ヒール》を撃つことすらためらっているルルリともども、冷や汗がだらだらと流れ落ちている。

「ていうか、ちょっと待て。ジェイドは現状ギルド最強の盾役《タンク》なんだぞ。それが通じないってことは――！」

は、とロウは気づいてしまった。もはやアリナを止められる者は、この世に一人もいないということに。恐ろしい事実を言おうとしたロウの口は、しかし途中でぴたりと止まる。

ぬらり、とアリナの目が二人を向いたからだ。

「「ヒッ」」

「あんたらも……私の邪魔をするの……？」

ロウとルルリは慌てて武器を背中に隠した。

「いっ……、いいいいいや｜俺らは別にそんなこと思ってないかなあはははは？」

「ううううううん言われてやってただけなのですすすす」

「そう」

「……くっ……！」

秘書はアリナを睨《にら》みつけ、グレンを守るようにすばやく立ち上がった。

「お下がりくださいギルドマスター様……！」

太ももに仕込んでいた暗器のナイフを数本引き抜き、それまで堅苦しい秘書だった顔はたちまち鍛え抜かれ訓練された護衛人のそれに一変した。それでも彼女の表情には、隠しきれない緊張の気配が見え隠れする。

「処刑人の攻撃力は未知数です。危険すぎます！　秘書兼〝護衛役〟を務めております私が相」

「ふん！」

音もなく一瞬で間合いを詰めたアリナが、大鎚《ウォーハンマー》を秘書の鼻先寸前、ぎりぎり触れるか触れないかの絶妙な間合いで一振りした。瞬間、大鎚《ウォーハンマー》がかすめた眼鏡が宙を舞い、パリィンとレンズが砕け散った。風圧で彼女のひっつめ髪がボサボサにかき乱れる。

「……」

……カラン。

ひしゃげたメガネが石床を叩《たた》く金属音が、静まりかえった訓練場の、遙《はる》か遠くの方でむなしく響き渡った。

「み……見え、なかった……」

一歩も動けなかった秘書は愕然《がくぜん》と目を見開いた。その表情は恐怖に引きつり、目の前に理解不能の化け物を見るかのように、呆然《ぼうぜん》と立ち尽くす。

「私の……平穏の……ために……！」

空虚となった彼女の横を通り過ぎ、アリナはただグレンの顔だけを睨《にら》み据え、ぐっと深く腰をためて大鎚《ウォーハンマー》を振りかぶった。

「死ねええええええ――――ッッ!!」

轟音《ごうおん》を轟《とどろ》かせながら、大鎚《ウォーハンマー》がグレンの顔面をぶち抜く寸前――

「――スキル発動〈時の観測者《シグルス・クロノス》〉！」

待ち構えていたグレンが、アリナに向かって右手を突き出した。

＊＊＊＊

グレンは、間一髪でスキルの発動が間に合ったことを確認し、ふぅー、と息を吐き出した。

時の止まった世界は、無音に支配されている。

顔面を引きつらせた秘書も、久しく見なかった動揺する精鋭の姿も、全てが止まっていた。

その中で唯一グレンの時だけが動き、大剣をおろして額の汗をぬぐった。

「あ、危なかった……」

アリナとの戦いに勝利したことを確信しつつも、心からそんなつぶやきが漏れる。勝利に喜ぶような気分ではなかった。どちらかというと、命からがら戦地から逃げ延びた心地だ。

「ったく、これじゃ処刑人っていうより鬼神……いや魔神だ」

寸前まで迫った少女と殺人大鎚《ウォーハンマー》をまじまじと眺めたグレンは、しかしそれまで険しくさせていた表情を思わず ふっと緩めた。

「魔神すら超えそうだけどな、嬢ちゃんなら。くくっ」

そんなことを言って一人笑いをもらした時——

みし、と、無音の世界で聞こえるはずのない音が、グレンの耳に届いた。

「な——!?」

一転してグレンは目を見開いた。その音は、大鎚《ウォーハンマー》を振りかぶり、「死ね」と叫んだ凄《すさ》まじい表情のアリナの、止まったはずのそこから聞こえてきた。

「ちょ、おい、まさか……！」

みし、みし、とそれは徐々にはっきりと聞こえてきて、グレンは一つの嫌な予感とともに、慌ててその場から飛《と》び退《の》いた。

直後、びしぃ！　と時のひずむ異様な音を立て、アリナが動き出した。

「――ぇぇぇぇぇぇあ？」

ばきゃきゃ！　と誰もいない訓練場の床を叩《たた》き割り、アリナが怪訝《けげん》に首をひねる。

「いまなんか一瞬止まったような……」

「う、うそだろ⁉」

これにはグレンも顔を真っ青にして、慌てて周囲を確認した。アリナ以外は、確かにまだ時は止まったままだ。〈時の観測者《シグルス・クロノス》〉が中断されたわけではない。

「俺の……スキルを破りやがった……⁉」

時の止まった光景と、完璧な無音の世界の不可思議さに、アリナはようやく我に返ったようで周囲を見回し眉をひそめていた。

「止まってる……？」

「ここは俺の〝観測部屋〟だ……嬢ちゃん」

全ての時が止まるはずのこの空間で、少女だけがその対象から外れた事実に、認めたくないがグレンは説明するしかなかった。

「この空間は大いなる時の流れから切り離され、俺以外の時は一時停止する……はずなんだが」

もはやここまでくると驚愕《きようがく》するのも疲れてきて、はあー、とグレンは顔を手で覆った。

「……なんで嬢ちゃんは動いてるんだよ……」

「さあ」

グレンは勝負も忘れ現象について考えたが、やはり導き出される答えは一つしかなかった。

「くく……やっぱり、そういうことか」

「？」

「はは、はははは！」

不審がるアリナにかまわず、グレンはひとしきり笑うと、パチンと指を鳴らした。

「悪かったな嬢ちゃん、俺の負けだ」

潔《いさぎよ》く敗北を宣言すると同時、無音の世界に音が戻った。

22

「……ふうん。いいんだ、そんなあっさり引き下がっちゃって」

アリナはどこか晴れやかな顔をうかべるグレンになおも疑いのまなざしを向けた。

「あっさりもなにも、化け物並みの攻撃力に加えて〈時の観測者《シグルス・クロノス》〉まで破られたら、勝てる気なんて一つもしねえよ。俺はまだ死にたくないんだ」

「ギルドマスター様⁉」

肩をすくめるグレンに、秘書が血相を変えて駆け寄ってくる。

時を止められていた当人からしたら一瞬の出来事だったろうが、アリナが大鎚《ウォーハンマー》を下ろしている姿を見て、秘書は安堵《あんど》したように息を吐いた。訓練場の隅ではルルリがジェイドに治癒《ヒー》光《ル》をかけ、ロウに助け起こされている。

「それより、悪かったな嬢ちゃん。勝負なんてさせちまって——実はちょっと、知りたかったんだ。嬢ちゃんのスキルの正体を」

「……スキルの正体？」

「本当に神域《ディア》スキルかどうか、っていう話だ」

「……」

「人域《レギン》スキルを破れるものは超域《シグルス》スキルのみ。すなわち、超域《シグルス》スキルを破れるものは神域《デイア》スキルのみ。そういう仮説がある。要するにスキルを上回ることができるのは常に上位のスキルのみということだ」

「……」

「だが、あくまで仮説だ。これまで神域《デイア》スキルを発芽した奴はいなかったからな。だからこそ、超域《シグルス》スキルは現状で最も価値が高く、〈時の観測者《シグルス・クロノス》〉は最強のスキルになりえた――が、嬢ちゃんは時の観測部屋に囚《とら》われたにもかかわらず、その拘束から抜け出した。ってことはつまり、嬢ちゃんは初の神域《デイア》スキルの使い手といって間違いなさそうだ」

「ふーん」アリナは無関心に相づちをうちながら大鎚《ウオーハンマー》を虚空《こくう》にかき消した。「まあなんでもいいです。とりあえず私の平穏は確約されたので」

「いやしかし……」

グレンも大剣を背にしまい、あちこち崩壊している訓練場を見回して頬をかく。

「おそろしい威力だな……塀も床も、遺物《レリツク》の欠片《かけら》を溶け合わせて造ったものなんだが……」

「だから俺は止めたんだ、マスター」

ルルリの治癒光《ヒール》で復活したジェイドが、防具から装飾品から、大盾以外の装備品を全て欠損させた見るも無惨《むざん》なボロボロの姿で、不服そうに口を挟んだ。

「アリナさんの力を測りたかったのはわかるけど、下手に戦い挑むなんて自殺行為だって……

見ろよ俺の防具、一撃でボロボロなんだけど……」

「いや、でも、やっぱすげえな……久々に死を覚悟したわ。俺」

「私も」

ジェイドに続いて、ロウとルルリもしみじみと頷《うなず》いた。精鋭たちをも怯《ひる》ませるアリナの攻撃力に、グレンは悔しげに唸《うな》り声を上げた。

「しかし実際目《ま》の当《あ》たりにしてますます気に入ったぜその力、その気概……そのへんの野郎共よりよっぽどたくましい。まったく、受付嬢にしとくにはもったいなさすぎる」

「俺もそう言ったんだ。でもアリナさんは、受付嬢がいいんだってさ」

「とにかく！　これで私の平穏は確約されたんだからね。もう関わってこないでよね！」

ふん、と鼻をならしてグレンを睨《にら》みつけ、アリナはきびすを返した。せっかく半日休みをとったのだから、ゆっくり引き籠もらせてほしい。

「ちょっと待った、アリナさん」

引き留めたのはジェイドだった。たちまちアリナの目は真冬の朝よりきつい冷気を宿し、見る者全てを凍り付かせるような低い声で吐き捨てた。

「なによチクリ野郎」

「俺チクってないんだって！　むしろ止めたんだ、今回のことは――」

「あんたも今後は一切私に話しかけたり、職場に押しかけてきたりしないでよね」

「……。アリナさん、落ち着いて聞いて欲しい」

「やだ。私帰る――」

「新ダンジョンが発見された」

静かに告げられたジェイドの言葉に、踏み出しかけたアリナの足はぴたりと止まった。

「……は……？」

「イフールから東に進んだ、エルム大峡谷の近くだ。全四層の大型ダンジョン。難易度はおそらく最高ランクのＳ級――」

「し……新、ダン、ジョン……？」

アリナは呆然《ぼうぜん》とつぶやいた。その視線はジェイドからグレンへと、すがるように移る。

「嘘《うそ》でしょ？　嘘《うそ》だと言ってよ」

「……いや。ジェイドの言ったことは本当だ」

しかしアリナの願いは無情に打ち破られ、グレンはその事実を認めた。

「それも発見した探索班の見立てじゃ、ヘルフレイムドラゴンに手を焼いたベルフラ地下遺跡を超える難易度……白銀の前衛役《トップアタッカー》が見つかっていない今、このダンジョンを攻略するのははっきり言って不可能だ。ギルドも白銀の新しい前衛役《トップアタッカー》を厳選してるところだが、なかなか見合った奴が決まらなくて、早急に優秀な前衛役《トップアタッカー》を――」

「んなこたァどうでもいいのよ！」

「へ?」

きょとんとするグレンの胸倉をひっ摑《つか》み、がんがん揺さぶりながらアリナは声を荒らげた。

「新ダンジョンが発見されるとどうなるかわかる? 冒険者の有象無象共が寄り集まってきて、クエスト受注数が爆発的に増えるのよ! その受注、誰がさばくと思ってんの⁉」

「ちょ、やめ、苦しっ」

「受付嬢よ! 新ダンジョンに群がる冒険者共のクエスト受注を、攻略されるまで私が永遠に残業しながらさばくのよ!」

「ざ、残業?」

「また残業地獄がはじまる……!」

ひとしきり叫んだアリナはグレンの胸倉から手を離し、力なく崩れた。

ヘルフレイムドラゴンをたこ殴りにしてようやく残業地獄から抜け出し、定時帰りの日々を取り戻したというのに、もう次の地獄が来るというのか。脳裏で終わらない残業の日々がまざまざと駆け抜け、アリナは唇をわななかせた。

「……お、おいジェイド」

愕然《がくぜん》とするアリナを横目に、グレンがぼそぼそとジェイドに尋ねた。

「嬢ちゃんが処刑人になってボスを倒したのって、残業が嫌だったからか……?」

「そうだ。それ以外に理由はないらしい」

「……」

膝を抱え、残業……残業……と呪文のようにぶつぶつ言っているアリナをしばらく眺め、グレンはごまかすようにごほんと一つ咳払《せきばら》いして言った。

「嬢ちゃん。実は今回の新ダンジョンは、今までのとはワケが違う。隠しダンジョンだ」

そう言うとグレンは、見覚えのある赤水晶《レッドオーブ》の欠片《かけら》を取り出した。

「――〝白亜の塔〟。聞いたことがあるだろう」

「！」

唐突に出てきたその単語に、思わずアリナは口を閉ざした。

「実は嬢ちゃんをわざわざここまで呼んだのはこの話をするためでね」

ちらりとジェイドを見て、グレンは言葉を続けた。

「ジェイドから話は聞いた。遺物《レリック》から突如現れた受注書のような文言。俺も長いこと冒険者ギルドに関わっているが、そんな現象は見たことも聞いたこともない」

補足するように、秘書が脇から口を挟んだ。

「可能な限り過去に遡って保存文書を調べましたが、ギルド創設から二百年にわたり、そのような現象は記録にありませんでした」

「……半信半疑だが、金文字が示した『白亜の塔』を探索班に調査させた。そしたらまあ……本当に見つけちまったんだよ。それまでは影も形もなかったはずの新ダンジョンをな。ギルドの有識者を集め検討したが、こう結論せざるをえなかった」

そこで一度言葉を切り、グレンはじっとアリナを見つめて、口を開いた。

「――これはいわゆる、〝裏クエスト〟だと」

「は……？」

告げられた言葉に、アリナは耳を疑った。

「あれは単なる言い伝えでしょ？　本当にあるなんて聞いてないんですけど」

「そう思っていたさ。俺だってな。だが、嬢ちゃんがいなけりゃ発見することすらできなかったクエストに、この異様な受注がなされるまで隠されていたダンジョン……これらを説明できるのは、昔から伝わる裏クエストしかないんだ」

「……」

「これまでももちろん新ダンジョンの攻略には細心の注意を払ってきたが、今回は話を聞けば聞くほど前例のないクエストだ。より慎重に、ことにあたらないといけない」

「……だからってなんでわざわざ私にそんな話するのよ」

なんとなく嫌な予感はしていたが。渋々尋ねたアリナに、予想通りの答えが返ってきた。

「神域《ディア》スキルを持っている嬢ちゃんに白銀の前衛役《トップアタッカー》を頼みたい。もちろん白銀が全面的にサポートするし、報酬ははずむ」

「さっきと言ってることが違う気がするんですけど」

「そうでも言わなきゃ勝負に乗ってこなかっただろう」

「ふ……なるほど……まあそうね……けど、」

とたん、アリナはくわっと目をかっ開き、血走らせた凄《すさ》まじい剣幕で、グレンに詰め寄った。

「カネなんかで……私が動くとでも……!?　私を動かしたきゃ残業をなくす劇的な業務改善案でも持ってきなさいよ……！」

たちまちアリナの足下に白い魔法陣が描かれはじめ、にわかに白く輝き出したのを見て、グレンは血相を変えた。

「わわわわかった！　わかったからその物騒な魔法陣をしまえ！」

「わかったならいいのよ」

ふん、と鼻をならしてスキルの発動を中断したアリナは、ふと怪訝《けげん》に眉をひそめた。

「そもそも、そんなヤバそうなダンジョンなら、ちゃんと白銀の態勢が整ってから行けばいいじゃない。こういう時くらい、攻略を他の冒険者に任せられないの？　やっぱり過酷労働《ブラック》なのね冒険者ギルドって……」

「待て、妙な誤解をするな――」

「冒険者は成果主義だ。それはギルドが選抜した白銀だろうと条件は同じ」

慌てるグレンの代わりに答えたのはジェイドだった。

「だから白銀は、ダンジョンが見つかれば最善の手を尽くして成果をとりにいく。他の冒険者に先を越される前に攻略し、町の発展に貢献する。俺たちの状態が良かろうが悪かろうが、そんなものは関係ないんだ。冒険者の精鋭に相応《ふさわ》しい結果が出せないなら《白銀の剣》を名乗れない。それだけだ」

ジェイドの真剣な視線にぶつかり、アリナは思わず目をそらした。

彼の言う通り、冒険者は、良くも悪くも成果主義だ。

その点において受付嬢とは決定的に違う。受付嬢は時間通り働けば一定の給与が出て、体調が悪ければ休んでも大きな支障はない。それは受付嬢が、組織で動き、自分の代わりとなる者が必ず存在するからだ。

冒険者はいつでも休めるし、いつでもサボれるが――それは成果あればこそ。彼らは自由である代わりに成果に縛られる。ましてギルドの選抜した精鋭ともなればなおさら。

「……そう」

ぽつりと言って、アリナはため息をついた。どうやら白銀の前衛役《トップアタッカー》不在はかなり深刻な問題へと変化してしまっていたようだ。裏クエストなるものまで見つかってしまった今、彼らもおそらく必死なのだ。それはわかった。人手不足の苦痛は、アリナもよく知っている。イフールにあと二、三人受付嬢が増えてくれれば、たとえ冒険者がダンジョン攻略に行き詰まろうと、新ダンジョンが発見されようと、少なくとも今ほどの残業地獄にはならないだろうといつも思っているからだ。だが。

「だからって、私にこだわらなくてもいいでしょ別に。こちとら毎日掃いて捨てるほど冒険者見てるのよ」

アリナはさらに語調を強め人差し指を突きつけた。

「まさかあれだけいて、S級ダンジョンに行ける前衛役《トップアタッカー》が一人もいないわけないでしょう。他あたってよね、他」

すっぱり切って捨てると、今度こそアリナはグレンに背を向けた。新ダンジョンの登場、すなわち残業地獄の再来が今この瞬間確定したのだ。こっちだってこれから大変なのである。白銀の問題にかまってる場合ではない。

「──なあ。嬢ちゃん」

足早になって立ち去ろうとするアリナの背中に、ふと、グレンの声がかかった。

「なによ、まだ何か用？」

「もし、嬢ちゃんが白銀に〝協力〟してくれれば、残業がなくなると言ったらどうする？」

グレンの提示した報酬に、アリナはひたりと足を止めた。

「残業がなくなる……？」

不審に眉をひそめ振り向くと、グレンがこの条件だけは出したくなかったとばかり、苦虫を嚙《か》みつぶしたような険しい顔で、しぶしぶ答えた。

「忘れてるかもしれねえがこれでも俺は一応ギルドの最高権力者でね。俺の一言で組織は動く

——たとえ職権乱用だとしてもだ。イフール・カウンターの受付嬢の数を倍に増やそう。こうすりゃ嬢ちゃんの業務量は減って、残業もなくなるだろう」

「な……！」

「嬢ちゃんは白銀に入らない。今回〝協力〟するだけだ。当然このことは誰にも言わない。攻略が終われば嬢ちゃんはまた受付嬢に戻れる。どうだ、悪い条件じゃねえだろう？」

「……」

長い沈黙が訪れた。

それは、ギルドマスターたるグレンにしか提示できない条件だった。

さらに言えばそれは、大金を積まれることなんかよりもよっぽど魅力的な報酬で、アリナにしたら願ってもない条件だった。

「か……っ、確認、するけど」

ひっくり返りそうな声を必死に抑えながら、アリナはおそるおそる聞いた。

「〝協力〟するのはもちろん今回だけの話よね……？」

「そうだ。まあその先も手伝ってくれるってんなら歓迎だが」

アリナは黙り込んだ。

白銀に〝協力〟——すなわち彼らと一緒に白亜の塔だの裏クエストだのと明らかに七面倒臭そうな新ダンジョンに潜り込み攻略する。平穏のため、最も避けてきた冒険者としての活動をしなければいけないわけだ。

だが裏を返せば、今回さえ苦汁を飲めば、今後どれだけ窓口が忙しくなろうと人海戦術にモノを言わせて一切残業のない職場環境を整えることができる。残業のない素晴らしい日々が待っているのだ。ぐだぐだ迷う必要があるだろうか？

否。

「……し……仕方ないな」

アリナはひとしきり視線をさまよわせたあと、やがて小さく、口を開いた。

「今回だけだからね」

「やってくれるか！」

ぱっと顔を輝かせるグレンを睨《にら》みつけ、アリナは顔をしかめた。

「……くう……ッ、仕方ないわ……これも全て理想の定時帰りのため……！」

まったく、神様というのもややこしいことをしてくれるものである。神域《ディア》スキルなんて面倒なものを、どうして受付嬢に発芽させてしまったのだ。どうせなら冒険者にすればよいものを。

「そっ……その代わり！　その残業をなくす約束、絶対守ってよね！」

アリナは噛《か》みつくようにそう言ってそっぽを向きながら、スキルを発芽させた二年前の自分を、少しだけ恨めしく思うのだった。

23

それは二年前の夏の日、アリナがまだ受付嬢になったばかりの頃だった。

イフールでは年に一度の〝百年祭〟が三日三晩かけて開催され、今夜はその最終日だった。祭りのフィナーレともあって町は最高潮の盛り上がりで、賑《にぎ》やかな楽器隊の演奏や、酔っ払った冒険者たちの荒々しい笑い声は、アリナの耳にも届いていた。

——そう、大都市のど真ん中にあるイフール・カウンターの、誰もいない夜の事務所には、悲しいくらいよく聞こえた。

「なんで……こんな日まで……残業しないといけないの……」

もちろん事務所には誰もいない。この日ばかりは町のどの人間も仕事を早々に切り上げ、賑《にぎ》やかな祭りへと繰り出すのだ。祭りの日まで残業しているのは自分くらいなもので、そう思うとよけいに辛《つら》さが増してくるのは言うまでもない。

「なにが冒険者だ……なにが〝冒険者の町〟だ……」

アリナは目の前に積み上げられた書類の山を睨《にら》み、恨めしげにつぶやいた。

「ボスも倒せない有象無象どもが……祭りだけはきっちり楽しみやがってぇぇぇ……！」

先人たちの技術や力を調査解明すべく、この地に創設された冒険者ギルド。その拠点となった大都市イフールは、当然冒険者が数多く居住し、血気盛んな冒険者の町と呼ばれていた。

「ああもう帰りたいです神様……」

そんなイフールの受付所の中でも、最大級に忙しいと言われるイフール・カウンターに配属されたアリナは、続く残業地獄に精も根も尽き果て、ついにデスクに突っ伏した。

〝百年祭で、その日最も強い意志を持って力を望んだ者に、神《ディア》の祝福が与えられる〟――そんな真偽も定《さだ》かではない言い伝えが、祭りの音楽に乗ってアリナの脳裏をふとよぎる。

百年祭は、元々は先人たちが、この地に古くから伝わる神《ディア》に力を請《こ》うため行っていた祭儀だ。調査の一環として祭儀を模倣しようと始まったが、当然祝福も何もなく、今や冒険者どもが馬鹿騒ぎするための口実と成り果てている。

けど、とアリナはふやけた脳みそでぼんやり考えた。もしかしたらその言い伝えも本当で、より強い意志を持って望めば、その神《ディア》とやらが残業を消してくれるのかもしれない――

「お願いします私を帰らせてください神様ー！」

思わず叫び声を上げるも、もちろん応える者はいない。しんと静まりかえった事務所に、祭りの楽しげな喧騒《けんそう》がむなしく響くだけだった。

「誰か……誰でもいいから……早くボス倒してよぉ……」

アリナはほろほろ泣きながら冒険者たちに懇願した。

百年祭の期間中は、ギルドが魔物討伐の報酬額を上げるためクエスト受注が殺到する。ギルドにしたら冒険者たちを盛り上げるためのちょっとしたイベント程度のつもりかもしれないが、まだ事務処理を素早くこなせない新人受付嬢からしたら相当悪質な攻撃である。

なにより、百年祭が始まる前からすでに難関ダンジョンのボス討伐が難航していて、受付所は冒険者でパンパンだったのだ。百年祭が始まってからは言わずもがな。さながら地獄絵図である。

せめてあのボスだけでも倒してくれれば。アリナは唇を噛《か》みしめた。アレが倒されないと百年祭が終わってもこの残業は終わらない。

「――ボス……私が倒せたらなぁ」

ぽつり、とアリナはそんな途方もないことをつぶやいた。

「そしたら、残業なんかとおさらばなのに」

もちろん残業を解消する手段として一つも現実的な方法ではない。アリナなどダンジョンを徘徊《はいかい》する雑魚《ざこ》魔物にすら勝てないだろうし、そもそも副業禁止の受付嬢が冒険者を兼業するなどありえないのだ。

「……はあ……もういいや……全然終わってないけど……もう帰ろう……ちょっとだけでも……お祭り楽しもう……」

ようやく見切りをつけイフール・カウンターを出た時には、とっくに日付を越えていた。

「あ……終わってる……」

百年祭の最終日、せめて祭りの雰囲気だけでも味わおうと広場に向かったアリナを待っていたのは、しかしすっかり片付けられて閑散とした広場だった。

「……そうだよね」

ぐす、と鼻をすすると、むなしさが一気に膨れ上がり、アリナの全身にのしかかった。声にならない叫びを押し込めて、アリナはとぼとぼと広場を後にした。

「明日も仕事だし……早く帰って寝よ……」

疲れたつぶやきが漏れた。

真っ暗な表通り。自宅に向かうも、その足取りは重い。存分に祭りを味わった泥酔《でいすい》者が幸せそうに道ばたに転がっているのがふと目にとまり、蹴っ飛ばしてやろうかと思った。

「……――」

……悔しい。

ぽつりと、アリナはそう思った。それは怒りとも悲しみとも違う、もっとどす黒い感情だ。

悔しい。なんで私ばっかり。

昼間の目の回るような忙しさの受付所で、昼食をゆっくり食べる時間もなく、慣れないながらもそれでもなんとか受付業務をこなし、大量の冒険者どもをさばいてきた。連日の残業に耐え、休日も返上し、身も心もプライベートも削って頑張ってきた。

その私が、なんでこんな仕打ちを受けないといけないのだ。

ああ憎い。どいつもこいつも憎い。憎いったらない。

殺到する冒険者も、報酬額を上げるギルドも、倒されないボスも、ボスを倒せない無能共も。

残業の原因となる全てのものが憎い。

「全員ぶん殴ってやりたい――」

思わずぼそりと本音が漏れ出て、アリナは歯をむき出し拳を握り締めた。

――力がほしい。

なんでもいい。時を止める力でも、人知を超えた事務処理能力でも、なんなら無能な冒険者共に代わって私がボスをぶっ飛ばせるような力でもいい。

とにかくこの残業をなくせるならなんだっていい。強い力がほしい。

「全部ぶっ飛ばしてやるんだ……！　全部……!!」

食いしばった歯の隙間からひねり出すようにつぶやいた、その時だ。

視界が一瞬、白くはじけた。

「……？」

思わずアリナは足を止めた。事務処理のしすぎで目が疲れているのだろうか。怪訝《けげん》に首をひねり、アリナはその光源……自分の足下を見た。

「あ？」

見間違いや眼精疲労などではなかった。祭りの明かりも消えた夜闇の中、そこには確かにくつきりと、白い魔法陣が描かれていたのだ。

「……なにこれ」

疲弊しきった脳みそではなにも考えられず、眉をひそめて首をひねっているうちに魔法陣は音もなく消えてしまった。

「……？」

怪訝《けげん》に思いつつも、帰宅してベッドに倒れ込み泥のように眠ったら、翌朝にはそんな奇妙な出来事などきれいさっぱり忘れていた。

――とんでもない怪力スキルが発芽していたことに気づいたのは、その数日後のことだった。

24

「寝坊したッッ！」

叫び声を上げてアリナは飛び起きた。

大慌てで窓の外を見ると陽はとっくに上がり、表の通りにはすでに多くの冒険者がクエストを受注しようと受付所に向かっている。

「まずいまずいまずいっ」

アリナは血相を変えながら、寝癖がついたぼさぼさの黒髪を振り乱し、険しい表情で最低限の身支度を整えていく。そこは愛《いと》しの我が家――ではなく、イフールの端に立つ安宿だった。愛《いと》しの我が家は、諸事情により屋根に大穴が開いており、その修繕が終わるまでは一時的にこの宿を仮住まいとしていた。

受付嬢の制服に着替えた時、はた、とアリナは気がついた。

「あ、今日休みか」

とたん、それまで険しかったアリナの表情が、ぱあーっと晴れ渡っていく。

「なーんだ、今日休みかー！」

冒険者の町、大都市イフールにはクエストを受注できるクエストカウンターがいくつもある。それらは互いに休館日をずらすことで、必ずどこかの受付所は運営しているという体制が整えられているのだ。

「仕事だと思って起きたけど実は休みだったと気づいた時のこの幸福感……！　はーっ、もっかい寝よ」

存分に幸せを噛《か》みしめたあと、着替えた受付嬢の制服もそのままに、贅沢《ぜいたく》な二度寝をしようとベッドに飛び込んだ、その次の瞬間だ。

「アリナさーん！」

狙い澄ましたかのように、窓の外から聞きたくもない男の声が聞こえてきた。

「……」

幻聴だ、とアリナは自分に言い聞かせ毛布にくるまった。この宿を一時的な拠点としていることを、奴は知らないはずだ。ここにいるはずがないのだ。

「アっリっナっさーん！」

しかしその男――ジェイド・スクレイドの声は確かに、むしろ先ほどよりも大きく、アリナの耳に届いた。しかもどことなくウキウキと声を弾ませているあたりよけいに鬱陶しい。

「……は、そういえば今日は引っ越しか」

煩わしい予定を思い出し、アリナは毛布にくるまりながらため息をついた。

今回だけ《白銀の剣》へ〝協力〟することとなったアリナに、白銀と同様の待遇、すなわち大都市イフールの一等地に立つ白銀専用の宿舎を無償で貸し出すというのが、ギルドマスターグレンからの提案だった。

「……」

仕方なく、アリナは毛布から這《は》い出《で》て、二階の窓から階下を見下ろした。朝から多くの冒険者で賑《にぎ》わう通りで、一人うるさく騒いでいる奴がいる。

銀色の髪に、整った爽やかな顔立ち。逞《たくま》しい体つきをした長身の青年で、ギルドでは最強の盾役《タンク》として知られているジェイドである。傍目《はため》には一つの欠点もない美男子だ。

しかしアリナは、その中身がただのストーカーであることを知っている。

「……また尾けられたのか……」

奴がこの宿屋を知っているのはそうとしか考えられない。アリナは重いため息をつくと、うるさいジェイドの呼びかけを無視してぴしゃりと窓を閉め、手早く準備を始めた。

＊＊＊

「……ふ……普段着のアリナさんだ……！」

引っ越しの準備と言ってもすでに家を破壊されたアリナには、旅行鞄《かばん》一つすら満杯にならない程度のものしか手元にない。

隣のジェイドが物珍しそうにアリナを眺めながら、荷物持ちとしてその鞄《かばん》を運んでいた。

休日のアリナは、もちろんいつもの受付嬢の制服ではない。今日は簡素なワンピースに、色気の一つもない革ベルトを巻いて、腰にポーチをつけていた。ジェイドも今日はクエストに出る用事がないのかいつもの大盾や防具は装備せず、護身用に剣をさしているだけの軽装だ。

「休みの日まで制服着るほど社畜じゃないの」

今朝出勤日だと勘違いして飛び起きた社畜だが、その辺は伏せておく。

「それにしても……一等地なんてなかなか来ないからなんだか妙な気分ね」

アリナたちはイフールの一等地、静かな通りを歩いていた。

よく整備された石畳に、優美な装飾が施された街路灯。行き交う人々はみな小綺麗《こぎれい》な格好をした富裕層ばかりで、ときおり立派な二頭馬車が通り過ぎる。もちろんギルドの有名人であるジェイドを見つけても、好奇の視線で見てくるような野暮な奴は一人もいない。そこには、冒険者が集合する一角とは打って変わって、落ち着いた空気が流れていた。

一等地だろうと構わずはしゃぎ回る隣のジェイドをじとりと睨《にら》みながら、アリナは胸中でぼやいた。

「ああ……休みの日に一人で来れたら最高だっただろうな……」

「いやアリナさん心の声がダダ漏れだぞ」

「ていうかそもそもあんたは、なんで私が泊まってる宿を知ってるわけ？　また私の仕事帰りを尾けたでしょ！」

「ん？　そりゃそうだろ。そうでもしないとわからないからな」

けろりと言われた言葉に、よしこのストーカーはここで息の根を止めようとアリナが一つ決意して、拳を握り締めた時――

「そろそろ案内をしてもよろしいでしょうか」

くい、と銀縁眼鏡を押し上げながら、二人の会話に女性の声が割り込んだ。

先ほどから黙々と二人を先導していた彼女――ギルドマスターの秘書フィリだ。今日の引っ越しはフィリが案内してくれることになっており、ジェイドは単なる労働力である。フィリはようやく静かになったアリナたちを一瞥《いちべつ》し、行く手に見える大きな宿舎を指さした。

「あちらが、アリナ様の新しい住居になります」

宿舎といっても、稼ぎの少ない駆け出し冒険者のために用意された、馬小屋みたいな宿舎ではない。そこは大都市イフールの一等地、優雅な塀に区切られた敷地《しきち》の中に、純白の建造物が悠然と横たわっているのだ。

「この宿舎には、白銀をはじめとする、冒険者ギルド各班の精鋭たちが居住しています。アリナ様には白銀と同じ待遇をと仰《おお》せつかっています。もちろん白銀の助《すけ》っ人《と》として活動するうちは、給料も白銀同等のものを支払います」

門扉《もんぴ》をくぐって噴水のある庭園を進み、中に入ると大きなエントランスホールになっている。フィリは事務的な口調で話を続けながら螺旋《らせん》階段をのぼり、一つの部屋の前までできた。

「今日からこちらが、アリナ様の部屋になります」

フィリがドアを開けた先、その部屋の中を見て、アリナは口をあんぐりと開けた。

「な……！」

今までアリナが住んでいた家の、二倍はあろうかという大きな部屋だ。真ん中にどんと置かれた天蓋付きのダブルベッド。革張りのソファに、窓際《まどぎわ》には装飾の施されたかわいらしいチェストが配置されている。

「なんだこの部屋は……！」

見たこともない豪華な部屋に、アリナはしばし立ち尽くした。――いや、どんな部屋に住もうとも、重要なのは休日ごろごろする場所であるベッドだ。アリナはおそるおそる部屋に入ると、ベッドを手で押し込んだ。柔らかすぎず、硬すぎない、心地よい反発。今まで寝ていたベッドが石床かなにかに思えるくらいだ。

「うわああああああなんだこの引き籠もれといわんばかりのベッドはあああああ」

我慢できず、アリナはベッドに飛び込んだ。全身が柔らかいものに埋もれ包まれる、幸せな感覚。掛《か》け布団《ぶとん》まで最高だ。

「あー私もうここから動きたくない」

シーツに顔をうずめてもごもご言うアリナに、フィリが淡々と声をかけた。

「満足いただけたようでなによりです。今日からどうぞ自由に使ってください。――それではジェイド、宿舎の細かな利用説明と案内はお願いします」

「え、いいのかフィリ？」

「私はこの後仕事がありますので。では」

言うなりさっさと退散していったフィリを見送って、ジェイドがごくりと生唾を飲み込んだ。

「し、私服の可愛《かわい》いアリナさんと二人きり……!?　これはつまりデー」

「じゃ、私は今日一日ここに引き籠もるのでとっとと出てってくれる」

アリナはジェイドを蹴っ飛ばして部屋から追い出し、流れるようにドアを閉めて施錠《せじょう》した。

「な……なんでだよおおおおおおお!!」

ジェイドの叫び声とドアを叩《たた》く音が、ギルドの一等級宿舎にしばらく響いていた。

25

居心地のいいベッドの上で一日中ゴロゴロして、充実した休日を送った翌日。白亜の塔の攻略はすぐに始まった。

その日は清々《すがすが》しいほどに快晴の、気持ちの良《い》い朝だった。しかし馬車から降りたアリナはどんよりと肩を落とし、冒険者ギルド本部へとぼとぼ向かっていた。

「私の……有給休暇が……」

アリナの悲しみに満ちたつぶやきが地面に落ちる。

受付嬢には一年に二十日間の有給休暇が与えられる。有給休暇とは業務に支障を来さない程度に自由に休みがとれ、かつ休んでいる間も給料が発生するという神の休日だ。

しかしその神の休日が今、非情にも、休みとは何ら関係ない理由で一日失われたのである。

貴重な有給を使って何をしているかというと――のこのこギルド本部なぞに来ているのだ。

「わたしの……!　ゆうきゅう……っ!」

アリナは唇を噛《か》みしめ、ぐす、と鼻をすすった。

アリナはこれまで、この有給を大事に大事に使ってきた。多少の体調不良でも意地で出勤した。なぜならアリナは、〝一度にたくさん休みたい派〟だからだ。

仕事の忙しさが落ち着いてきた頃を見計らい、普段の休日と合体させつつ温めていた有給を解き放つ――もちろん顰蹙《ひんしゅく》を買わない程度の日数に抑える気遣いは必要だが――そして勝ち取ったプチ長期休暇は、一日中おうちに引き籠もって思うさま怠惰な生活を送るのだ。

これぞ働く者にのみ許された究極の贅沢《ぜいたく》……！　耐え難《がた》きを耐え忍び難《がた》きを忍び、有給に手をつけたい欲に打ち勝ち続けた勝者のみに許されるご褒美《ほうび》なのだ。

その〝ご褒美《ほうび》〟が一日減ってしまった悲しみに、アリナは朝から打ちひしがれていた。

「と……特別休暇とっていいって、マスター言ってただろ？　アリナさん」

アリナの落ち込みようが想像以上だったか、隣を歩くジェイドが必死に言葉を探しアリナを慰めようとしていた。しかしどんな言葉も、神の休日を失った悲しみを癒やすことはできない。

アリナはいっそ潤んですらいる瞳で、キッ！　とジェイドを睨《にら》みつけた。

「しょせんギルドの末端の一受付嬢にすぎない私が、ギルドマスター勅令で特別休暇なんてとったら怪しすぎるでしょ！」

特別休暇は、ギルドが必要と認めた場合のみ、ギルドマスターの命により与えられる休日だ。少なくともこれまで勤務してきた中で、受付嬢が特別休暇を与えられた話など聞いたことがない。もちろん特別休暇を与えられたからと言って、すぐに処刑人の正体に直結することはないだろうが、周囲の余計な関心がアリナに向くのは避けたかった。

アリナが断腸の思いで有給休暇を選択したのは、全て平穏な受付嬢生活を死守するためである。一切怪しまれることなく穏便にダンジョン攻略を終え、何事もなく元の生活へと戻るため。

「たしかに……」

「しかも一日で攻略が終わるわけないしそのたびに私の有給が減っていくのよそれがどういう意味かわかってんのおおおおお！！？」

ついにアリナはジェイドの胸倉をひっつかみ、魂の慟哭《どうこく》とともに前後に激しく揺さぶった。

「有給は！　社会人の！　ご褒美《ほうび》なの！　人権と同じくらい尊いものなの‼‼」

「あ、後でマスターにそのへんどうにかなんないか聞いてみるって！　聞いてみるから離っ」

「ま……まあまあ、アリナさん、落ち着くのです」

ジェイドの顔が酸素欠乏で青白くなってきたあたりでルルリが止めに入った。

「白亜の塔の攻略なんて早く終わらせるのです！　ぱぱーっと！」

「……く……不本意だけど……そうね……全ては定時帰りのため……！」

アリナは苦々しくつぶやき、拳を握り締めた。

そう。グレンとの約束では、アリナが協力し白亜の塔を攻略すれば、イフール・カウンターの受付嬢が倍に増える。単純計算、一つの窓口に受付嬢が二人つくことができ、業務量は半分になり、残業が減るばかりか休みもとりやすくなるということだ。

（なんて素晴らしい未来なの……！　絶対、絶対、勝ち取ってみせる‼）

アリナは強く決意し、目の前に現れた巨大な転移装置《クリスタル・ゲート》を見上げた。

冒険者ギルドの敷地内《しきち》、ちょうど中心に位置する広場には、ダンジョン行き専用の転移装置《クリスタル・ゲート》が立っている。転移するには冒険者のライセンスカードが必要な、特別な転移装置《クリスタル・ゲート》だ。

「白亜の塔にはすでに、塔を発見したギルドの探索班が転移装置《クリスタル・ゲート》を設置してある」

ライセンスカードをかざすと、視界いっぱいを青い光で埋め尽くされた。一瞬の浮遊感のあとブーツが硬い地面を掴《つか》む。強い光にくらんだ視界が回復したあと、辺りを見回すとそこはすでに冒険者ギルドの広場ではなかった。

「わ……」

そこは赤茶色の荒涼とした大地が広がる、エルム大峡谷の縁だった。手付かずの大自然が広がるエルム大峡谷は、大陸の中でもダンジョンがあまり発見されていないエリアだ。

小さな転移装置《クリスタル・ゲート》は、谷より少し離れた場所に設置されていた。新ダンジョンとして白亜の塔の存在が情報解禁されたとはいえ、S級ダンジョンに指定されるだけあって受注条件が厳しく、そのせいか周囲にはまだ冒険者の姿はない。

荒野を駆け抜ける空っ風がばさばさとアリナの外套《がいとう》をめくる。人気がないことを確認してアリナはかぶっていたフードをとり、谷の縁にぽつんと立つその異質の建造物を見やった。

「あれが……白亜の塔……」

それは、赤茶色の荒野にひときわ目立つ純白の、美しいらせん状の塔だった。

想像していた一般的な円柱状のものとはまた違う。それは裾が広がり、上に登るにつれ先が細まっていく円錐《えんすい》形だ。渦巻く風のように外壁は美しくうねり、すぐ後ろに広がる無骨なエルム大峡谷が、その塔の存在感をまた引き立てている。

「それじゃ、改めまして。自己紹介なのです」

アリナが白亜の塔に思わず見入っていると、ぴょこり、とルルリが前に出た。

「白銀の回復役《ヒーラー》を務める白魔道士、ルルリなのです。このわたしが回復役《ヒーラー》を務める限り、パーティーから死人は絶対出ないのです！」

ふふん、とルルリは誇らしげに胸を叩《たた》いて見せた。童顔におかっぱ頭、それと魔杖《ロッド》よりも低い背丈のせいで、危険なダンジョンとは無縁の年端《としは》もいかない少女のように見える。

だがアリナは知っている、その幼い顔立ちとは裏腹に圧倒的な回復力を持つ彼女は、その可愛《かわい》らしい姿も相まって冒険者の間で〝みんなの癒やし〟と呼ばれていることを。

「俺は後衛役《バックアタッカー》の黒魔道士、ロウだ。遠距離専門だからな、近接は頼んだぜ」

ロウは、着ているローブから手に持つ魔杖《ロッド》まで黒でそろえた格好でにやりと笑った。ややつりぎみの猫目が印象的で、後輩受付嬢のライラはあまり騒いでいなかったが、ジェイドに負けず劣らず、彼のファンも多いと聞く。

「それにしても、裏クエストか……本当にあったんだな」

白亜の塔に向かって歩き出しながら神妙に腕を組むロウに、ジェイドが仰々しく頷《うなず》く。

「遺物《レリック》をぶち壊さないと受注できないなんて、そりゃ誰も受けられなくて当然だよな」

「何が言いたいのよ」

「いやなんでもないです。……と、浮かれるのはここまでだな」

ふいにジェイドがすっと目を細め、白亜の塔に視線を向けた。

わずかに低くした声に真剣な気配が漂う。パーティーの生命線たる盾役《タンク》が背負う責任感からか、白亜の塔を見つめるその視線は先ほどと打って変わって鋭い。

白亜の塔は、遠目にはそれほど高い塔ではないと思っていたが、末広がりの構造のせいか近づくと案外大きく、迫力がある。白亜の塔へと辿《たど》り着くと、入り口がぽっかり開いていた。

「そうだ、ダンジョンに入る前にこれ」

ジェイドがアリナに銀の装飾に包まれた薄緑の結晶を手渡した。原石そのままの荒々しく角が立つ水晶の中には神の印《ディア》が内包され、水晶を包む銀の装飾部には二対の剣が交差した紋章――《白銀の剣》を示す印が刻まれている。

「……遺物《レリック》？」

「を、使ってギルドが開発した、《白銀の剣》専用、〝導きの結晶片〟だ」

「ふうん」

「欠片《かけら》の持ち主が瀕死《ひんし》になった時、もしくは欠片《かけら》が壊れた時、他の欠片《かけら》たちが一斉にそこへと導いてくれる。要するに仲間のピンチを知ることができる緊急連絡手段だ」

「そんな便利なものがあったのね」

アリナは手渡されたその結晶片をしげしげと眺めた。装飾部にはチェーンが通され、首から掛けられるようになっている。

「売ったら高えぞ。非売品のレアアイテムだ」

にひひ、といやらしく笑ったロウの顔面にルルリの魔杖《ロッド》がクリーンヒットした。

「痛っ」

「これはわたしたち白銀の仲間の証《あかし》でもあるのです！　何がレアアイテムなのです！」

「ちょっとした冗談だろぉ……」

痛そうなロウの声を聞きながら、アリナたちは白亜の塔へと足を踏み入れた。

26

白亜の塔第一層は、不思議な光景が広がっていた。

延々と続く薄闇の中に、巨木のような白の円柱がひたすら乱立しているのである。壁や仕切りはなにもなく、時折円柱に取り付けられた遺物《レリック》の灯《あか》りが、淡く光っているだけだ。

「何ここ。変なダンジョンね」

「まあ、ダンジョンなんてどこも変なとこばっかりだが――」

はたとジェイドが足を止めた。何かを感じ取ったのか、数秒探るようにじっと押し黙ると、すばやくパーティーに目配せする。ルルリたちが武器を抜いてそれに応える。

ずしん、と重たい足音が近づいてきていることにアリナも気づいた。

やがて、ぬっと柱の陰から姿を現したのは、三つの顔を持った巨大な黒犬――ケルベロスだ。

ぐるる……

地獄の番犬とも呼ばれるケルベロスは、三つある頭を全てアリナたちに向け、牙を剝《む》き出して低い唸《うな》り声を上げた。

「ケ、ケルベロスなのです……？」

見上げるほど巨大な魔犬の姿に、ルルリの声がわずかに緊張で強ばった。まじかよ、と小さくつぶやいたのは隣のロウだ。

「ケルベロスって、A級ダンジョンでボスやってた魔物だぞ。普通に歩いてやがる……！」

ジェイドは油断なく盾をかまえ、一歩踏み出しかけたアリナを手で制した。

「アリナさん、パーティー戦は、盾役《タンク》が先行して攻撃して、まず敵視《ヘイト》をとる」

「ふーん？」

「戦いやすくするためもあるし、盾役《タンク》が敵視《ヘイト》をとり漏らすと、ルルリみたいな非戦闘員が一気に危険になるからだ。盾役《タンク》の敵視《ヘイト》をとりやすくするために、前衛役《トップアタッカー》は最初、手を出さない」

「パーティー戦はやったことないだろ？　練習だ、いくぞ！」

「なるほどね、了解」

ガアアアアアアアア！

雄叫《おたけ》びとともに、ケルベロスが魔炎のブレスを吐いた。床や柱を舐《な》めながら迫り来るその攻撃に、ジェイドが真っ向から迎え撃つ。

「スキル発動〈鉄壁の守護者《シグルス・ウォール》〉！」

ジェイドの構えた大盾にケルベロスの魔炎が直撃するが、ジェイドのスキルはそれを簡単に防ぎ、四方に吹き散らした。同時に剣を抜き放ち、その切っ先を地面に突き刺す。

「魔惑光《ハストル》！」

幻覚作用のある光を放ち、対象の敵意を盾役《タンク》のみに縫い付ける幻覚魔法。魔法の力を帯びた光がケルベロスの視界を一瞬奪った。たちまちその三対の視線がジェイドに縫いつけられる。

「よし！　今だアリナさん、敵視《ヘイト》をと――」

ジェイドが皆まで言い終える間もなかった。

その時すでに、アリナは大鎚《ウォーハンマー》を握り締め、ジェイドの脇を通り過ぎていた。強く床を蹴り上げれば甲高い風切り音とともに瞬《また》く間にケルベロスへと接近し、ジェイドに気をとられている魔獣に向かって振りかぶった。

どぐん！　と鈍い音が、一層に連なる巨柱たちを揺らして駆け抜ける。横薙《な》ぎの一撃。それは横に並ぶケルベロスの三つの顔を、同時に叩《たた》き潰した。

あぐ、とカエルが潰れたような短い悲鳴。

振り子のように連続して叩《たた》き潰されたケルベロスは、断末魔の叫びを上げることすら許されずたったの一撃で動かなくなった。どうと倒れた巨大な体躯《たいく》は端から霧へと分解され、さらさらと薄闇の中へ消えていった。

「なるほど。これがパーティー戦」

しみじみ頷《うなず》きながら振り向くと、ルルリとロウがそろって虚無の表情でこちらを眺めていた。

「ルルリちゃん。たぶん今日後衛役、出番ないわ」

「回復役《わたし》もないと思うのです」

「え？　なんかまずかった？」

「……いや。まずくはない。まずくはないんだ。うん。あるとしても一瞬で魔物を瞬殺されるとパーティーである意味がなくなるとか、それくらいだ、うん……」

ジェイドが悲しそうにそう言って、がくりと肩を落とした。

＊＊＊

その後もアリナの〝パーティー戦の練習〟という名の殺戮《さつりく》は続いた。アリナの前に現れた不運な A級魔物たちが生きていられるのは、せいぜいジェイドが敵視《ヘイト》をとるまでだ。

「いやそれにしてもほんとすごい力だよな。見てる分には爽快だけど」

現れて数秒で塵《ちり》となってしまった本日四体目の犠牲者――ならぬ不運な魔物を眺めながら、ロウがしみじみと頷《うなず》いた。

「全部一撃で終わるから、体感C級ダンジョンよりラクだ」

「そうか……？　俺は……魔物が一体一体瞬殺されるたび、盾役《タンク》としての存在意義が一つ一つ殺されていくんだが……」

ジェイドの落ち込んだ声に、アリナはふん、と鼻をならす。

「雑魚《ざこ》にかけてあげる時間はないのよ。長引くほど私の有給が消費される以上、慈悲はない」

「ソッスネ」

「……ところでリーダー。ずっと気になってたんだが……白亜の搭って今まで影も形も認識されていなかったんだよな。そこに魔物がすでに入り込んでるってことは、このダンジョン、人間には見えなかっただけで、存在はずっとそこにあったということか？」

ふいにロウが顎に指をあて、疑問を口にした。

「そう考えるのが妥当だな。まあなんで隠したのか、全くわからねえが……」

ジェイドもそれに答え、ぐるりと一層の薄闇を見渡す。

「先人たちは何を考えていたんだ……？」

「そういえば先人たちって、ある日突然、姿を消したのよね」

先人たちについてアリナが知る知識はそれほどない。大陸中の先人たちは一夜にして突然姿を消した、というごく一般的な説を知っているくらいだ。

「──神《ディア》の怒り、なのです」

アリナの疑問にルルリが答えた。

「神《ディア》の怒り？」

「先人たちは探究心が強くて、より強大な力を求めたくさんの研究をしていたことがわかっているのです。強力な性能を持つ遺物《レリック》もその名残──ダンジョンには研究施設だったと思われるものが多いし、百年祭も神《ディア》から力を得るための儀式なのです。きっと先人たちは、研究に没頭するあまり神《ディア》の怒りに触れ、滅ぼされたのです」

「……ずいぶんと突拍子もない話なのね」

「って言わなきゃ説明が付かないってくらい、先人たちの足跡がある日ぱったりなくなってるっていう比喩表現だ」

補足するようにジェイドが説明した。

「たとえば昔のヘルカシア大陸にはとんでもない魔物がいて、そいつとの生存戦争に負けたとしても、大陸中の人間を一夜で滅ぼし尽くすなんて不可能だからな。大きな災害が起きたような形跡もないし、先人たちの消失は神業によるものとでも言わなきゃ説明できない」

「ふーん……」

注意深く周囲を探りながら、ジェイドは淡々と言葉を続けた。

「二百年前に冒険者が大陸に渡ってきて、冒険者ギルドが創設され、調査が進むようになったが……ほとんどが魔物に荒らされて、なかなか解明が進んでないのが現状だ。ここで新ダンジョンが発見できたのは、先人の調査としてはありがたい進展だろうな」

「まあ……新ダンジョンなんて、もう金輪際見つけなくていいんだけど。残業増えるだけだし」

うっかり残業地獄の日々を思い出して、うげっとアリナは顔をしかめた。

27

「これは……扉？」

目の前に現れた巨大な鉄製の二枚扉を見上げ、アリナは思わず声を上げた。柱が立ち並ぶ道なき道を進んだ末に現れたのは、荘厳《そうごん》な装飾と複雑な魔法陣が彫られた大きな鉄扉《てっぴ》である。

「ボス部屋に続いてそうだな」

「一層の階層《フロア》ボスね。さっさと殺《や》るわよ」

「って、言いたいとこだけど……どうやら鍵が必要みたいだな」

「鍵ぃ？」

よく見ると確かに鉄扉《てつぴ》には鍵穴があり、押しても引いてもびくともしない。

「……ちょっと待ってよ、鍵って、どこを探せば――」

最後まで言い終わるより早く、ジェイドが突然、背中の盾を抜き放った。そして何をするかと思えば、アリナをその盾の裏にすっぽりと覆い隠したのだ。

「ちょ!? なにする――」

「ハハァ！　こいつは、メンバーの足りねえ白銀さまじゃねえか！」

アリナの不満声を遮って、薄闇の中から嘲りの声とともに、数人の男たちが現れたのだ。先頭に立つ茶髪の剣士が、咄嗟《とっさ》にアリナを隠したジェイドの大盾を見て、眉をひそめる。

「んん？　どうした盾なんて出して。俺たちと一戦交えようってか？」

「いや、用心にな」

「は、臆病なことで。まあ仕方ないなぁ？　パーティーの人数が足りねえようだしなぁ？」

アリナはこっそりと大盾の装飾の隙間から、現れた男たちを観察した。

先頭に立ってニヤニヤと笑っているのは、長い茶髪を後ろでくくった若い冒険者――剣士の男だった。その後ろに控える三人の冒険者は、彼のパーティーメンバーだろう。ただし、多くの冒険者がギルドの精鋭たる《白銀の剣》に羨望《せんぼう》を抱くのに対し、彼らの態度は明らかに白銀を見下していた。

「そうなんだルーフェス。まだ前衛役《トップアタッカー》が決まってなくてさ」

ジェイドがしれっと嘘《うそ》をついて肩をすくめると、たちまちルーフェスと呼ばれた男は勝ち誇ったようにゲラゲラ笑い出した。

「こりゃ傑作だ！　頼みの綱の〝処刑人様〟も手に入れられなかったか！　精鋭様も落ちたもんだなぁ？　今回の攻略は俺たちが先にやらせてもらう」

ルーフェスという名前に、アリナは聞き覚えがあった。アリナと同様、多くの受付嬢や冒険者はその名前を聞いたことがあるだろう。ギルドの精鋭《白銀の剣》に次ぐ実力を持つとされる、上位パーティーのリーダーだ。

「――まあもっとも、あんな正体不明のイカサマ大鎚《ウォーハンマー》使いなんかに頼ってる時点で、白銀なんて終わってるだけどな」

「……イカサマ？」

ぴくり、とジェイドの眉が跳ね上がった。

「そうだろ。ヘルフレイムドラゴンをぶっ飛ばしたのも、レイドボスを一撃で倒したってのも、どうせ全部インチキに決まってる。でなきゃ、正体を隠すわけがねぇ！　インチキしてないなら堂々と名乗り出りゃいいのさ。それができねえってことは、つまり、後ろめたいことがあるってことだ。そんなことも見抜けずいつまでも〝処刑人様〟を探し回ってるギルドは、間抜けもいいとこだな！」

ルーフェスたちはひとしきり笑い声を上げると、一言も反論しないジェイドたちに勝利を確信したか、上機嫌になって小さな鍵を取り出した。「あ、それ！」扉の鍵穴と交互に見比べて、ルルリが声を上げる。

「どうやら神サマは俺に味方してくれているらしい」

嘲笑するように口角を吊《つ》り上げたルーフェスは、一瞬、その瞳にギラギラと煮えたぎる獰猛《どうもう》な野心を垣間見せ、唸《うな》るようにつぶやいた。

「……裏クエストで出現する隠しダンジョンには、他にはねえ特別な遺物《レリック》があると言われてる――見てろよ。俺は処刑人なんかよりも、もっと強い力を手に入れてやる……！」

「はあ……？」

「お前らは、俺たちの攻略が終わるまで指をくわえてそこで待ってるんだな！」

ルーフェスは高笑いを一つ上げると、解錠して扉を開き、その向こうへと消えていった。

＊＊＊

「なにあいつら……」

ばたん、と重い音とともに固く閉ざされた扉の向こう、ルーフェスたちの気配が消えるのを待って、アリナはジェイドの盾から出た。

「ああ見えてあいつらは、一流の冒険者が集まったパーティーなんだよ」

ジェイドもあきれたようにため息をついて、盾を背中に戻す。

「ギルドの中で白銀の次に実力を持ったパーティーはあいつらだ……けど、まあ、見ての通り、性格がちょっとな」

「何かとすぐつっかかって来るのです……」

彼らからこのような嫌がらせを受けるのはこれが初めてではないのだろう。ルルリはほとんど諦めた様子で言葉を続けた。

「ルーフェスたちは、全員白銀に志願したけど選ばれなかった冒険者なのです。そのせいかずーっとわたしたちの邪魔ばっかりしてくるのです……器が小《ち》っさいにもほどがあるのです」

「でも、まいったな。鍵をあいつらが持っていったとなると、この先に進めない」

「それは困る。私の有給がかかってるんだから」

言うや、アリナは無言でスキルを発動させた。アリナの見据えた先は、ルーフェスたちが閉ざしていった、大きな鉄扉《てつぴ》。ゆっくりと扉の前に向かうアリナの足下で、白い魔法陣が浮かび上がり、虚空《こくう》から巨大な大鎚《ウォーハンマー》が出現する。

「そもそも……鍵だのなんだのっていう、こんなくそめんどくさい扉が……」

「え、ちょ、アリナさん？　まさか――」

「全部悪い!!!!」

アリナの叫びとともに、渾身《こんしん》の大鎚《ウォーハンマー》が分厚い鉄扉《てつび》に叩《たた》き込まれた。

どがあああん！　とド派手な音が響きわたり、天井をぐらぐら揺らす。解錠されるまでは決して開くはずのない扉は、しかし大鎚《ウォーハンマー》のあまりの威力に、いとも簡単にひしゃげ、片方なんかはボロボロに砕けて吹き飛ばされてしまった。

「「「……」」」

もはや、鍵だの扉だのは関係なかった。

いたって物理的な手段によって破られた扉を、ジェイドたちは無表情で眺めていた。砕け散った鉄扉《てつび》の破片が、とっさに構えたジェイドの盾に、ごつんと当たって跳ね返る。

一方でアリナは力でねじ開けた扉の向こうを睨《にら》みつけて、フン！　と大きく鼻をならした。

「私の有給がかかってるのよ。こんな扉に付き合ってる暇はない」

28

「なあアリナさん。先人たちもさ、あの扉をつくるの結構頑張ったと思うんだよ。装飾とか気合い入ってたじゃん」

「知らないわよ。私は一刻も早く先に進みたいの」

破壊した扉の向こうは、大きなホールだった。一際《ひときわ》濃いエーテルが充満し、明らかなボスの気配を漂わせていたが、肝心のボスがどこにもおらず、次の階層へと続く階段が延びている。

「あれ……階段なのです？」

「てことは、一層終わり？」

「……先に行ったルーフェスたちが倒したっていうには、短時間すぎるしな……おかしいな……階層にボスがいないなんて今までなかったんだが――」

怪訝《けげん》に首をひねりつつも、アリナたちは奥にある階段をのぼり、二層へと進んだ。二層は先ほどの柱が乱立する不可思議な空間とは打って変わって、長い回廊が延びていた。左右には装飾の施された荘厳《そうごん》な石柱が等間隔に立ち並び、奥までずっと続いている。

「妙だな。魔物の気配がない――」

怪訝《けげん》に眉をひそめながら、はた、とジェイドが立ち止まった。

「どうしたの」

「今、何か聞こえたような」

「……？　何も聞こえな――」

――ぎゃあああぁぁ……！

アリナの声を遮って、回廊の奥から聞こえてきたのは、かすかな男性の悲鳴だった。

「！」

その声はロウとルルリにもはっきり聞こえたようだ。

「悲鳴なのです⁉」

「今の声って――ルーフェスたちか⁉」

ジェイドはすでに悲鳴の聞こえた方角――回廊の奥へと駆け出していた。アリナたちも後に続き、ひといきに駆けぬける。

やがて現れた二層のボス部屋と思われるそこは、すでに扉が半開きになっていた。ジェイドが真っ先に飛び込み、中の様子を確認して――

「……！」

思わず息を呑んだ。

巨大な魔法陣が床に描かれた部屋の中。そこに冒険者が三人、血まみれで倒れていたのだ。彼らの装備を見るに、先ほどルーフェスの後ろに控えていた男たちのようだった。

「ルルリ！」

ジェイドが言う時にはすでに、ルルリが魔杖《ロッド》を振り、治癒の光をとばしていた。しかしルルリの治癒光《ヒール》は、倒れた男たちに着弾することなく、むなしくその体を通り過ぎるだけだ。

は、と表情を強ばらせたルルリは、治癒光《ヒール》を撃つ手を止めた。静かに魔杖《ロッド》を下ろし、呆然《ぼうぜん》とその冒険者を見て、言った。

「……死んでるのです……」

＊＊＊＊

アリナははたと足を止め、それ以上冷たくなった彼らに近づくことができなかった。強い血臭と、薄闇の中に広がるどす黒い血だまり。強烈な死が立ちこめるそこに、足を踏み入れられなかった。

アリナが見知った冒険者の死を経験するのはこれで二度目だった。一度目は、まだアリナが小さい頃——

「アリナさん」

ジェイドに名を呼ばれ、はっとアリナは我に返った。

「見ない方がいい」

「……」

ジェイドはそれだけ言うと、血の海の中でうつ伏せに倒れている一人をひっくり返した。片手に壊れた金属製の円盾を装備している彼は、パーティーの中で最も防御に優れているはずの盾役《タンク》。しかし腹部を激しく損傷しており、おそらく一撃で即死だったのだろう。

「盾役《タンク》の盾を貫通して即死……相当な攻撃だな」

「全員同じようにやられてるな」

「ああ。階層《フロア》ボスにやられたのか……？」

一人一人死体を調べながら、しかしジェイドは三人目の死体を見てふと眉をひそめた。

「……いや。一人だけ——」

「ジェイド」ルルリに呼ばれ、ジェイドは顔を上げた。「ルーフェスがいないのです」

言われた通り死体は三人分しかない。警戒しつつ慎重に周囲を探すと、そう時間はかからずルーフェスはすぐに見つかった。

「ルーフェス！」

彼は柱の陰で、呆然《ぼうぜん》と座り込んでいたのだ。蒼白《そうはく》なルーフェスの顔には血が飛び散り、先ほどの威勢は面影もない。しかし幸いなことに大きな負傷はないようだ。

「何があった」

ジェイドがルーフェスの肩に手を置いて静かに尋ねると、長い沈黙のあと、彼はゆっくりと口を開き、ぽつりと言った。

「……わからねえ……」

ジェイドは一層表情を険しくさせた。ルーフェスは実力だけで言えば白銀にも劣らないはずだ。その男を茫然自失《ぼうぜんじしつ》とさせる魔物——相当な強敵と遭遇したことは明らかだった。

「……そこの魔法陣から、突然人型の魔物が現れて——そいつはスキルを使いやがった……」

「スキル？　魔物が⁉」

これにはジェイドも驚愕《きょうがく》の声を上げた。基本、スキルは人間に限られた能力とされている。いくら人型の魔物とはいえ、スキルを使う魔物など聞いたことがない。

「……とにかく、一旦ここから離れよう」

重い沈黙を打ち破るように、ジェイドは立ち上がった。

「魔物がうろつくエリアだ。階層《フロア》ボスもいないとなると、他の魔物も容易に寄ってくる――」

ジェイドの忠告は、しかし数秒遅かった。

ばさ！　と大きな風が、突如頭上で巻き起こったのだ。

「伏せろ！」

目のいいジェイドが薄暗い天井に何かをみつけ、鋭く叫んだ。釣られて見上げたアリナが、ランプの心許《こころもと》ない明かりに大きな羽の影を視認した瞬間――

キアアアアアアアア！

鼓膜が破れるかという甲高い叫び声が響き渡った。ばさり大きく羽を広げて威嚇したのは、鋭い黒牙を持つ人喰《ひとく》いコウモリ――ブラッドバットだ。

「こんな時に……！」

すかさず反応したロウが魔杖《ロッド》をふった。空中に魔法陣が展開され、激しい火炎の渦が魔物に襲いかかる。異界のコウモリは慌てて炎を避けたが、一瞬怯《ひる》んだように空中で体勢を崩した。

「スキル発動〈巨神の破鎚《ディア・ブレイク》〉！」

怯《ひる》んだ隙を狙って、アリナが飛び込む。空中で白い魔法陣が浮かび上がり、出現した大鎚《ウォーハンマー》を握り締めて、ブラッドバットの脳天へ一撃を叩《たた》き込む。

ぐぼん！　と鈍い音をたて、ブラッドバットは床に食い込むほどの威力で叩《たた》きつけられた。しばらく翼を広げてもがいていたが、やがてぴくぴくと痙攣《けいれん》しながら息絶える。

「〝人型の魔物〟……じゃないわね」

「血の匂いに釣られてきただけだ。他の魔物も来る。早くここを――」

「そ……その大鎚《ウォーハンマー》……！」

ジェイドの言葉を遮って、ルーフェスが驚愕《きょうがく》に目を見開きアリナを指さした。アリナがスキルにより出現させた大鎚《ウォーハンマー》を。

「まさかてめえが、処刑人!?」

しまった、と気づいた時はもう遅い。ルーフェスの顔は驚愕《きょうがく》と言うには大げさなほど、一層蒼白《そうはく》になり、恐怖するようにアリナを見ていた。

「……。そうだけど」

認めるしかない。アリナがため息をついて頷《うなず》くと、ルーフェスは、予想外なことを言った。

「そうか……そういうことか……！　処刑人は……人間じゃなかったんだな……！　てめえは、あの人型の魔物の仲間か！」

「仲間？」

「ルーフェス！　いい加減にするのです、言っていいことと悪いことが――」

「俺たちを襲ったあの魔物もお前と同じだった……！」

「え？」

「白い魔法陣に、武器を生み出したんだよ‼」

は、と皆が息を呑むのがわかった。人域《レギン》スキルにも超域《シグルス》スキルにもない、白い魔法陣と武器の出現。それはアリナの持つ神域《ディア》スキルと、全く同じ特徴だったのだ。

「まさか、人型の魔物が使ったスキルって……神域《ディア》スキル？」

魔物がスキルを扱うということすら信じがたいのに、さらにアリナしか持ち得ないはずの神域《ディア》スキル。にわかに信じがたいが、誰もその可能性を否定できなかった。

なぜならこれで、仮にもギルド内で白銀に次ぐ実力を持つルーフェスのパーティーが、わずか数分で壊滅した理由が説明できるからだ。神域《ディア》スキル相手に、超域《シグルス》スキルでは太刀打ちできないことはすでにギルドマスターとの戦いでわかっていた。

「……話は後だ。一度出るぞ」

有無を言わせず、ジェイドがルーフェスを立たせた。

「何かやばいぞ。このダンジョン」

29

冒険者ギルド本部、ギルドマスターの執務室。

ジェイドは重厚な執務机に座るグレンに、白亜の塔の調査結果を報告していた。ジェイドの言葉が終わるまで、グレンはじっと両肘をつき、黙って聞いていた。

「……そうか、ルーフェスのパーティーが……」

冒険者の死を聞いたグレンの表情は硬かった。虚空《こくう》を見つめる瞳は、淡々としているようでしかし深い哀愁が漂っている。長い年月と経験を重ねた者だけが持つ、この世の不条理を全て飲み込んだ目。

ジェイドは、グレンもまた背を預けた大切なパーティーを失っていることを知っていた。彼が現役を引退する原因にもなったもので、このような報告はできればしたくなかったのだが。

「まったく……こういう報告はいつまでたっても慣れねえな……」

しばし死者に手向ける黙禱《もくとう》のように目を閉じたあと、グレンは息を吐き、重い口を開いた。

「……階層《フロア》ボスの不在に、スキルを持つ魔物。それも神域《ディア》スキルか。想像以上に厄介だな」

「塔を徘徊《はいかい》する魔物も、これまでとはレベルが段違いの魔物ばかりだった。アリナさんのおかげで苦もなく進めたけど……明らかにただの新ダンジョンじゃない。クエストでの一般開放は

「見直すべきだ」

「なるほどな……」

グレンは険しい顔をして黙り込んだ。長い沈黙の末、彼は静かに告げる。

「白亜の塔の攻略は一時的に中断し、まずは調査を優先する。……嬢ちゃんにも、嫌なものを見せちまったな。後で謝って――」

「ちょっと待った」

グレンの声を遮り、男が部屋に飛び込んで来た。身体《からだ》に包帯を巻いたままのルーフェスだ。

「ルーフェス、お前治療中じゃ――」

人型の魔物に襲われたルーフェスは、白亜の塔から帰ってきて早々に治療室に放り込まれていたはずだった。幸いルルリの素早い治癒のおかげで大きな怪我《けが》はないとのことだったが、ルーフェスはそんなことはどうでもいいとばかり、声を荒らげた。

「攻略の中断？　天下の白銀サマともあろう方が、なにを生ぬるいこと言ってやがる……」

「ルーフェス。あれの恐ろしさはお前が一番身をもって感じたはずだ。部屋に戻れ」

グレンの厳しい叱責をルーフェスは鼻で笑い飛ばし、次にとんでもないことを言い放った。

「処刑人の正体を町中にばらしてやろうか？」

ジェイドは思わずルーフェスに詰め寄った。

「ルーフェス！　お前、何しに来たかと思えば――」

そのジェイドを遮り、ルーフェスはグレンに指を突きつけた。

「バラされたくなきゃ、処刑人を外して俺を白銀に入れろ。白亜の塔に行くんだ」

「な……!?」

「ふん、さてはお前ら、処刑人の正体を知ってやがったな？　知ったうえで、その正体をひた隠しにしてきた。そりゃそうだよなあ？　あれは人の形をした化け物だもんなあ！　化け物なんかが白銀に入ったら、とんでもねえ騒ぎになるもんなあ！」

「いい加減にしろ！」

アリナを化け物呼ばわりされて、ジェイドは思わずルーフェスの包帯を掴《つか》み上げた。

「正気かよ。人型の魔物に仲間が殺されるところを、目の前で見てたんだろうが！」

「それがどうした。あいつらは運が悪かった。それだけの話だろ」

「なんだと……！」

「おぉっと。俺を殴っていいのか？　処刑人の正体が口からぽろっと出ちまうぜ？」

たちまちジェイドが顔を険しくさせて黙り込むと、ルーフェスは満足げに笑ってみせた。

「そもそも俺は処刑人ってのが気に食わなかったんだ。次期白銀の前衛役候補《トップアタッカー》？　この俺を差し置いて？　それは俺の座だ。あんな化け物に、横取りされてたまるかよ……！」

唸《うな》るようにつぶやいたルーフェスの声には一方的な恨みがこもり、その目は嫉妬でギラギラと光っていた。

「ルーフェス……何が狙いだ。お前も冒険者ならわかってるだろ、神域《ディア》スキルを相手に戦ったところで、全滅の危険性が高まるだけだ。お前だって無事じゃ……」

「は、誰が、あんな化け物と戦うなんて言った？」

「……なんだと」

「〝裏クエストの隠しダンジョン、その最奥《さいおう》には特別な遺物《レリック》が眠ってる〟」

ぼそりとつぶやいたルーフェスの目は欲望に汚れ、不気味に光っていた。歯をむき出した口からこらえきれない低い笑い声がもれている。

「その遺物《レリック》が何かわかるか？　神域スキルを取得できる遺物だ……！」

妙にはっきりと断言したルーフェスの言葉に、ジェイドは目を見開いた。確かに〝隠しダンジョンには特別な遺物《レリック》がある〟というのはこれまでも裏クエストを語る時必ず言われていたものだが、その遺物《レリック》から神域《ディア》スキルを取得できるなど聞いたことがない。何か違和感のある、唐突な情報だ。

いや、そもそも真偽不明の情報を鵜呑《うの》みにし、振り回されるのは最も危険な行為だ。命を賭けるに値しない。強い嫉妬心で、ルーフェスはそんな判断力すら鈍らせてしまったのか。

「それさえあれば俺は冒険者として成功できる……！　そのうちギルドの方から、頼むから白銀《おまえら》に入ってくれと、頭をぺこぺこ下げるようになるんだッ！」

「ルーフェス……！　冷静になれ！　スキルは先天的に備わるものだ。あとから取得できるものじゃない！　そんな不確かなものに命を賭けるのは――」

「うるせえ、俺に指図するんじゃねえ！　俺たち凡人はよぉ、才能あふれる天才サマを追い越すには、ギャンブルでもするしかねえんだよッ！」

「……」

違う。ジェイドは歯がゆいような思いを抱え、口を閉ざした。

ルーフェスの冒険者としての実力は本物だ。だが彼は、白銀に選定されなかった原因を他者に押しつけ、嫉妬に振り回され、せっかくの力を全て無駄にしている。どれだけ強い力を手にしても、その暗い感情に支配されている限り彼が白銀に選ばれることはない。

「そもそもお前、そんな情報どこで――」

「お前らは黙って俺を四層まで案内すりゃぁいいッ！」

ジェイドの言葉を遮り、血走った目をぎょろりと動かしてルーフェスが吐き散らした。

「俺と白亜の塔に行ってもらう。いいか？　俺がやってるのはお願いじゃない。脅しだ。お前にも、ギルドマスターにも、拒否権なんざねぇんだよ……！」

30

白亜の塔から帰ってきたアリナは、白銀用に作られた豪華な部屋で時間を持て余していた。

ジェイドは帰って早々にギルドマスターに呼び出され、ルルリはルーフェスの治療、ロウは白亜の塔の情報解析とで皆忙しく、暇なのは蚊帳《かや》の外のアリナくらいだ。

コンコン。と、ふいにドアが叩《たた》かれた。適当に返事をすると、入ってきたのはジェイドだ。

「よ」

彼はいつも通り笑いながら、遠慮の欠片《かけら》もなくアリナの寝転ぶベッドの端に腰掛けた。

「ゆっくり休めたか？」

「まあまあ」

「白亜の塔は、一度封鎖されることになった。攻略は白銀だけに制限されることになったぞ」

「へー」

「興味ないな……いろいろあって大変だったんだけど……」

「私はさっさと白亜の塔を攻略して有給をこれ以上使わなければそれでいいの」

「それなんだけど、アリナさん」

ジェイドはふと神妙な顔つきになって、意外なことを言った。

「白銀にはルーフェスを前衛役《トップアタッカー》にする」

きょとん、とアリナは目をしばたいた。一瞬何を告げられたかわからなかった。

「え？　私は？」

「アリナさんは白銀をはずれる。受付嬢に戻れるぞ」

「……へー」

あれだけアリナに執着していたジェイドがあまりにもあっさりとそう言うので、アリナは一瞬言葉に詰まった。数秒考えてから体を起こし、こちらと目を合わせようとしないジェイドの顔をむりやりのぞき込んだ。

「まさか、今回チャラになったから他のダンジョン手伝え！　とか言わないわよね」

「言わない」

「じゃあ受付嬢を増やして残業をなくすっていう約束は？」

「できる限りの尽力はするってさ。約束通りアリナさんは白銀に協力してくれたからな」

「……」

不自然だ——思わずアリナは眉をひそめた。やはり不自然すぎる。グレンへの報告で何が話し合われたか知らないが、アリナの知るこのクソストーカー野郎は、このような決定をあっさり飲み込む男ではないはずだ。絶対何か裏があるに違いない——

「……ま、どうでもいっか」

さらに追及しようとして、やめた。白亜の塔には代わりにルーフェスが行ってくれるというのだから、喜んで受け入れよう。有給をこれ以上無駄に使わずに済む。

「そうと決まればこの部屋にいられるのも今日が最後ね……ベッドが心惜しいけど。荷物まとめるからさっさと出てってくれる」

「……ほんと、アリナさんらしいな」

出て行けと言っているのに、苦笑するジェイドの表情はどこかいつも通りのアリナに安心しているかのようだった。やっぱりおかしい。アリナは胸にひっかかる確かな違和感に眉をひそめた。こいつはこんな割り切った大人な表情をする奴じゃない。ないものねだりをして暴れ回る子供のそれと同じ顔をする奴だ。

「……」

しかし、それ以上アリナは追及しなかった。その違和感にも、蓋をした。素直に出て行こうとする不自然なジェイドの背中を見送って、部屋のドアを閉めようとした時――

「……本当にあんた、大丈夫なの」

気づいたら、ぽつりと小さく尋ねていた。

思わずそんな言葉が滑り出た自分の口に、アリナは少し驚いた。

どうでもよかったのに。こいつのことなんて。

ジェイドの方も、まさか心配されるとは思っていなかったのか、振り向いたその顔はぽかんと間抜けに口を開けていた。しかし、一度言ってしまったものは仕方なく、アリナは誤魔化すように顔をしかめながら言葉を続けた。

「人型の魔物、神域《ディア》スキルを使うんでしょ。それより弱い超域《シグルス》スキルで、どうにかなるの」

「……」

ジェイドはすぐには答えなかった。

いつもは根拠不明の自信とポジティブ精神を振りかざしてくるくせに、こういう時ばかり彼らしくなく目をそらすと、数秒の沈黙の後に、ぽつりと言った。

「どうにかならなくても、行けと言われれば行く——それが《白銀の剣》だ」

その覚悟を決めた低い声に、アリナは息を呑まされた。しかし彼のその表情は一瞬で、すぐにいつも通りの顔に戻り、へら、とアリナに笑いかけた。

「神域《ディア》スキルが相手でも平気だ。俺、いつもアリナさんにボコボコに殴られてるけど、今もピンピンしてるだろ」

「……。たしかに」

「盾役《タンク》が崩れなければ、パーティーは崩れない。俺はしぶといから、そうそう死なないぞ」

そう言った彼の笑顔もまた作ったようで違和感しかない。アリナはその違和感に小さく眉根を寄せたが、かまわずジェイドは先を続けた。

「ま、今回はちょっとイレギュラーで残念だったけど、俺はアリナさん諦めてないからな。今度どっかのダンジョン一緒に行こうな」

「やだ」

「ちなみにこの部屋、アリナさんちの修復が終わるまで好きに使っていいって。——それじゃ、またな」

「……」

言うだけ言って彼は去って行った。その背中を見送りながら、アリナは胸をよぎる嫌な予感とともに、ぼんやりと遠い過去の出来事を思い出していた。

31

それはまだ、アリナの歳《とし》が十にも満たなかった、幼い頃のことだった。

アリナの故郷はイフールからはるか遠く、大陸の東端にあるへんぴな田舎町で、実家は酒場をやっていた。当然田舎にある数少ない酒場はいつも地元の冒険者たちであふれていて、そのうちの一人、シュラウドという若い冒険者が、アリナとは特別仲が良かった。

「おいアリナ、何回も言ってるが俺は〝おじちゃん〟じゃねえ。まだ二十代の〝イケイケお兄さん〟だ」

いつものように冒険者であふれて騒がしい酒場で、シュラウドは顔をしかめ、アリナに指を突きつけた。すでに同じ文句を十回以上は言っている。

シュラウドは痩せた細身の青年で、軽鎧《ライトアーマー》に長剣というごく一般的な攻撃役《アタッカー》装備の、ごく一般的な冒険者だった。彼は二十代前半の若者だったが「おじさん」と呼んだ時の反応が面白くてアリナはずっと「シュラウドおじちゃん」と呼んでいた。

「『シュラウドお兄さん』！　言ってみろ、はい復唱！」

「シュラウドおじちゃん！」

「……もうおじちゃんでいいです、はい」

がっくりと肩を落とし、シュラウドはすねたように酒を呷《あお》った。アリナは期待通りの彼の反応に満足で、きゃっきゃとはしゃぎ、彼の様子を見ていた冒険者仲間たちもゲラゲラと笑う。

「ぎゃはは！　アリナから見たらおめえも俺たちと同じおっさんだよ、おっさん」

「るせー！　あんたらみてえな脂ののった中年冒険者と一緒にすんじゃねえ！　俺はまだピチピチの二十三だぞ！」

「ねえねえシュラウドおじちゃん」

「なんだよアリナおばちゃん」

大人気ない仕返しをしてくるシュラウドに、アリナは目を輝かせていつものお願いをした。

「今日もクエストの話聞かせて！　この前はどんなダンジョンに行ってきたの？」

「はあ……お前も物好きな奴だよなぁ。こんな冴《さ》えない冒険者の話なんぞ面白くもなんともなかろうよ」

「そんなことないよ！」

アリナはシュラウドの話を聞くのが好きだった。毎日そのために家の手伝いと称して彼に酒を運んでいたのだ。

とはいえ彼の言う通り、シュラウドの冒険譚《たん》にはハラハラする展開も魔物との武勇伝もない。

シュラウドは魔物やダンジョンに果敢に挑み名声を得ようとする血気盛んな冒険者とは対照的で、すでに攻略されボスのいない、安全なダンジョンに行くのを好む冒険者だった。ダンジョンの細部をマッピングしながら、運良く他の冒険者が取り損ねた遺物《レリック》があれば回収して換金する。彼は自分のことを「臆病なハイエナみたいな奴」といっていた。

それでもアリナは、彼の話が大好きだった。なぜなら――

「だって将来は私も、冒険者になるんだもん！」

胸の前で拳を握るアリナの宣言に、周囲の酔っ払いたちから「いいぞー！」と声がかかった。勢いづいたアリナは頬を紅潮させながら、思い描いた夢を語った。

「アリナはすっごい冒険者になって、シュラウドおじちゃんとダンジョンを大冒険して、大金持ちになるの！　将来はおっきなおうちに住んで、はらんばんじょーな人生を送るの！」

「冒険者アリナちゃんに乾杯！」などと勝手に盛り上がって酒を呷《あお》る客たちの中、ただ一人シュラウドだけが、面白くもなさそうに唇をひん曲げた。

「冒険者ぁ？　はっは、やめとけやめとけ、アリナみたいなチビには無理だ」

「チビでもなれるもん！」

「こんな埃《ほこり》っぽい職業よりも、そうだな……受付嬢とかいいな！　アリナおめえ、将来は絶対美人になるから、受付嬢がいい」

「ええー、受付嬢なんてやだよ、つまんなさそうだもん。シュラウドおじちゃんとクエストにいけないし」

「行かなくてい〜んだよ、ガキンチョは」

「なんだと！」

「だいたい冒険者なんかいいことねぇぞぉ？　魔物はおっかねえし、ダンジョンはうすら寒いし、安定のしねえ日銭稼ぎにその日暮らし！　ローンも組めねえし武器も防具も高ぇくせにすぐ壊れるしよお！」

「……？？？」

幼いアリナには、シュラウドの嘆きは半分も理解できなかった。ローンとか、日銭稼ぎとか、どういう意味で、何が悪いのか全くわからない。首をひねるアリナをちらりと見ながら、シュラウドはなおも言葉を続けた。

「しかも俺なんて、地味ぃ〜な人域《レギン》スキルしか発芽しなかったんだぜ。こうなっちゃあ冒険者としての成功なんてもう無理よ——その点受付嬢は完璧だ！　なんせ公務だからな！　安定して一生金が稼げる。ローンも組める。高ぇ防具も武器もいらないし、なによりあれは時間給だ。時間通り出勤して、定時が来たら家に帰っていいんだぜ！　そしたら後は食うも寝るも酒を飲むも、自分の自由だ！　くうー！　俺も女だったら、受付嬢になったのになあ」

「よくわからないけど、冒険者の方が楽しそうだな」

「はー、ガキだなこりゃ。ガキの考えだ。まあガキだから仕方ないか」

肩をすくめ、大げさに首を振ってみせるシュラウドに、アリナは頰を膨らませた。

「なによ！　おじちゃんだって、〝ザコ〟のくせに！」

「ぶ――――――っ」

アリナから突きつけられた言葉に、シュラウドは思わず飲みかけた酒を噴き出した。

「おい、誰だアリナにそんな言葉教えた奴！」

ジョッキを机に叩《たた》きつけて怒鳴ると、店内にいた仲間が大笑いした。どうやら全員犯人らしいとわかって、シュラウドは顔をしかめる。

「いいの！　シュラウドおじちゃんはアリナが守るから！」

「ちくしょう、キラキラした目で言いやがって……幼女に守るとか言われるおっさんの気持ちなんざわかんねえだろうな……」

「アリナはシュラウドおじちゃんのパーティーになるの！」

「あーあーはいはいわかったわかったぱーてぃーにするぱーちーにする」

「ほんと！　約束だよ、約束破っちゃいやだよ」

「ああ、もちろんだ。俺は弱いが、約束は守る男だからな」

シュラウドはアリナと小指を交え、いつものように仲間たちとクエストに出かけていった。

――しかしシュラウドたちは、クエストに行ったきり、ぱったり酒場にこなくなった。酒場どころか、一週間が経《た》っても町にすら帰ってきていないようだった。

「ねえみんな、シュラウドはいつ帰ってくるの？」

たまらず、アリナは常連たちに聞いた。それまで酒を飲んでいた冒険者たちは、とたんにぴたりと酒の手を止めた。いつも調子よく笑っている彼らは、しかしその時に限って神妙な顔で口をつぐむばかりだった。

「……？」

みな、わかっていたのだ。冒険者がダンジョンに行ったきり一週間も音沙汰がないというのがどういう意味なのか。しかしその事実をアリナに告げる勇気のある者はいなかった。

その時、一人の男が血相を変えて酒場に飛び込んで来た。

「シュラウドのパーティーが帰ってきたぞ！」

「！」

待ち望んでいたその言葉に、アリナは目を輝かせた。

「待て、アリナ！」

誰かに呼び止められた気がしたが、アリナは一も二もなく酒場を飛び出していた。町の入り口に向かうと、装備をあちこち破損させたボロボロの冒険者たちの姿が見えた。シュラウドのパーティーだ。

しかし、肝心のシュラウドがどこにもいなかった。それに、いつも酒をかっくらい大笑いしていた彼らの、暗く沈みきったその異様な空気を、幼いアリナも感じ取っていた。死人のように血の気をなくした彼らにアリナは飛びついた。

「シュラウドは？　シュラウドはどこ⁉」

ぼんやりとパーティーの一人が伏せていた顔を上げた。彼は何日も飲食をしていないのか目は落ちくぼみ、頬はこけ、顔色は真っ青だ。まるで地獄の果てから命からがら逃げてきたと言わんばかりのその姿に、アリナの不安は一層強まった。

シュラウドもこんな状態なのか。ならば早く介抱してあげなければ。温かいスープを飲ませて、酒も追加して、おじちゃんと言ってからかって、愚痴ばかり垂れていた彼にいつもそうしていたように、むりやりにでも元気にしてあげなければ――

「…………死んだ」

ぼつり、とその男は小さくつぶやいた。

幼いアリナにその事実を伝えるべきか、そんな躊躇《ちゅうちょ》すらできないほど彼も憔悴《しょうすい》しきっていた。

「え？」

あまりに唐突な言葉に、アリナは最初、きょとんと目を瞬《しばた》くことしかできなかった。

「…………死ん、だ……？」

アリナはむりやり口角を吊《つ》り上げながら、彼の傷だらけの防具をつかんだ。

「嘘《うそ》だよね……？」

彼はからかっているのだ。アリナがわざとシュラウドおじちゃんと言って楽しんでいるのと同じように。

しかしアリナの言葉を、冒険者たちは誰も否定してくれなかった。彼らのあまりに悲痛な表情を見ていると、次第にその言葉の意味が、強引に脳みそにねじり込まれてくる。

ふと、アリナは彼らが引いてきた一台の荷台を見つけた。人一人横たえられるだけの大きな荷台には布が被《かぶ》せられていて、その隙間からぶらりと腕が垂れている。

「シュラウド!?」

すがりつくように、アリナはその荷台へ駆け寄った。かけられた麻布を勢いよく引っぺがそうとして、しかし強い力に腕をつかまれ、アリナは手を止められた。

「……アリナ。見てはダメだ」

先程まで憔悴《しょうすい》しきっていた男が、この時ばかりぎらりと目を光らせて、残ったわずかな力を振り絞るように、アリナの行為をたしなめた。

「嫌だ！　シュラウドッ！　シュラウドおじちゃん――」

「あいつからの最期《さいご》の願いなんだ！　こればかりは譲れない！」

全力で抵抗するアリナは、男の荒らげた声にはたと手を止めた。

「……え？」

腕を握る彼の手は小さく震えていた。ようやくアリナの目は、正しく現実を見つめた。麻布の隙間から垂れる腕の、真っ白な指先。これだけ騒いでいてもピクリとも動かない体。彼は凍りつくアリナから目をそらし、小さな声で、決定的な言葉を口にした。

「……シュラウドは……もう帰ってこない……」

突きつけられた言葉に、アリナはしばらく立ち尽くした。麻布から手を離し、二歩、三歩、その布越しにも伝わる冷たい死体から逃げるように、後退した。

「嘘《うそ》、だよ………」

足がもつれて、どさりと尻餅をつく。

死体はシュラウドのパーティーたちと一緒に治療院に運ばれていき、周りの冒険者たちが、アリナを心配して言葉をかけていた。しかしそのどれも、ぼんやりと響くだけで耳に入ってこない。真っ白になった脳みその中で、ひときわ大きくがなり立てるのは、そこに漠然と横たわる事実だけ。

――シュラウドは……もう帰ってこない――

その無慈悲で冷たい言葉は、アリナの中の、大切な大切な、シュラウドとの楽しい記憶を全て破壊した。彼から聞いた冒険譚《たん》を、どす黒く塗りつぶした。彼の酒を呷《あお》って火照《ほて》っていた頬も、おじさんと呼ばれてしかめた顔も、いつか彼と一緒に、ダンジョンに行くという夢も。

「……ねえ、約束、は……？」

アリナはいつも夜眠る前に、それこそつい昨晩だって、楽しい未来を夢想していた。冒険者になったアリナは彼とダンジョンに行って、アリナは獅子奮迅《ししふんじん》の活躍で魔物たちを倒すのだ。シュラウドの活躍の場を奪ってやったら、彼はまた顔をしかめるだろう。けど、最後には仕方なさそうに笑って、「すげぇなアリナは」と言いながら頭をなでてくれるのだ――

「……帰ってきてよ……ねえ……シュラウドおじちゃん……――」

呆然《ぼうぜん》と口から漏れるアリナの言葉を、もう嫌そうに否定してくれる声はない。

アリナはいつまでもそうして虚空《こくう》を見つめ、冷たい地面にへたり込んでいた。今は一人にしてあげようと冒険者たちが立ち去り、周囲から人の気配が消え、陽が落ちて、冷たい夜の帳《とばり》が下りても。アリナはシュラウドの影を求め、町の外を見つめ続けた。

でも、どれだけ待っても、彼は帰ってきてはくれなかった。

告げられた事実にぬくもりはなく、冷たく、硬く、どこまでも残酷で。幼いアリナに、この世界の冷酷さをただ突きつけるだけだった――

＊＊＊

「――!!」

がば、とアリナはベッドから飛び起きた。

見慣れない部屋が視界に飛び込んできて、一瞬脳みそが混乱する。しかしすぐにそこが白銀用の宿舎だとわかって、アリナは長い息を吐いた。首元がぐっしょりと汗でしめっていた。その不快感に顔をしかめ、ベッドから降りた。窓を開けると早朝の冷えた空気が流れ込んでくる。

（久しぶりに見たなあの夢……）

白亜の塔で目にしたルーフェスのパーティーの壊滅と、死体を前にしたあのひりつくような空気。嫌でもシュラウドのことを思い出してしまう。

「……」

まだ薄暗いイフールの町並みをぼんやり眺めながら、アリナは遠い記憶をたどった。

――シュラウドを殺したのは階層《フロア》ボスだった。彼はいつも通り踏破されたダンジョンで仕事をしていたが、攻略済みとされたそのダンジョンには、存在の気づかれていない階層があったのだ。そこへ迷い込んで不意を突かれたうえ、元々魔物との戦闘を避けてきた〝ザコ〟の彼が、階層《フロア》ボスにかなうはずもなかった。

「……」

アリナは頭を振って、むりやりその悲しい記憶を思考から追い出した。昨日見たジェイドの顔が、何故《なぜ》かシュラウドと一致してしまう。そのしこりのように残る不快な予感を消し去りたくて、アリナは口を開いた。

「今日から残業か……」

はあ、とわざとらしいため息もつきながら、アリナは受付嬢の制服に着替え始めた。

まさか気を紛らわすためにこの言葉を使うことになろうとは、思ってもみなかった。

32

白亜の塔、第四層。二度目の攻略で、ジェイドたちは最深層まで進めていた。

四層は、壁に取り付けられた小さな灯《あか》りだけが頼りの、暗い場所だった。しかしジェイドの視界は真昼のように明瞭だ。

それだけではない。耳は壁の向こうに潜む魔物の息づかいさえ聞き漏らさず、鼻は魔物たちの放つ異臭でその居場所を明確にジェイドに教えていた。

スキル〈百眼の獣士《シグルス・ビースト》〉。五感の感度を人間の限界を超えて高め、わずかな音、匂い、気配から広範囲に渡って敵の存在を認知できる能力である。

ジェイドが持つスキルは〈鉄壁の守護者《シグルス・ウォール》〉だけではない。ジェイドが持つ二個目のスキルだ。

芽させたのはジェイドが初めてで、〈百眼の獣士《シグルス・ビースト》〉を含めあと二つスキルを持っていた。だが冒険者の中で超域《シグルス》スキルを複数発
スキルの多重使用はかなりの負担を術者に強いるため、普段は戦闘時での〈鉄壁の守護者《シグルス・ウォール》〉の使用に留《とど》めているのだ。

「三層にも階層《フロア》ボスはいなかった……ますます意味がわからねえな……」

ぽつりと、ジェイドはつぶやいた。

おそらく今もダンジョン内を徘徊《はいかい》していると思われる人型の魔物を避けるための〈百眼の獣士《シグルス・ビースト》〉だったが、そのおかげでS級ダンジョンをうろつく強力な魔物との必要以上の戦闘も回避できていた。さらに階層《フロア》ボスがいないことで、ジェイドたちは一見順調に白亜の塔を進んでいた。

「けど、今の俺たちには好都合だ。階層《フロア》ボスの相手までしてたらリーダーの消耗が激しすぎる」

そう言ったロウの横顔は、好都合とは言いつつも表情を曇らせていた。その目が心配そうにジェイドに向く。

「……大丈夫かリーダー。無理すんなよ」

長い間ともに死線をかいくぐってきただけある。彼はジェイドの疲労を見抜いていた。

「大丈夫だ――って、言いたいとこだけど、一回休ませてくれ」

そこはまっすぐ続く回廊のど真ん中だったが、周囲に魔物の気配がないことを確認し、ジェイドは腰を下ろして壁にもたれた。

〈百眼の獣士《シグルス・ビースト》〉は一見便利なスキルに思えるが、五感から得る膨大な情報量によって気力を激しく消耗させる諸刃《もろは》の剣だ。何時間も発動し続けられるようなものではない。しかしそのスキルを、ジェイドは白亜の塔に入ってからずっと発動し続けていた。おまけに進行を塞ぐ魔物との避けられない戦闘に入れば、〈鉄壁の守護者《シグルス・ウォール》〉も使用しなければならない。

多重使用の負担が大きいことはわかっていたが、神域《ディア》スキルを使う人型の魔物との遭遇は、絶対に避けなければならない。そのためには、この強引な手段を選ばざるを得なかった。

「……」

ジェイドは〈百眼の獣士《シグルス・ビースト》〉を続けながら目だけ閉じ、体を休ませた。長いこと盾役《タンク》をやっているだけあって体力には自信があるが、さすがにスキルの長時間使用の疲労は大きい。

「ジェイド……やっぱり一回戻るのです」

心配そうに顔をのぞき込んできたのはルルリだ。

「スキルの使用からくる疲労は治癒光《ヒール》じゃ癒やせないのです……」

しっかり者で気の強いルルリだが、今はその影を潜め、いっそ泣き出しそうな顔をしている。心配性なところもある彼女には、ジェイドの青白い顔など見たくないに違いない。

そうだな、帰ろう。

喉元まででかかった言葉をジェイドはぐっと押し込めた。いつもだったら迷いなく撤退の判断をするだろう。パーティーの要である盾役《タンク》が弱るとパーティー全滅の危険性が一気に高まるし、長時間スキルを使用し続けながら人型の魔物を避け、徘徊《はいかい》する強力な魔物も相手にするなど、元々無茶な方法だ。

「ハン、大げさな奴だな、ちょっとスキルを使ったくらいで。それでよく、ギルド最強の盾役《タンク》しかしそこで、嘲笑したような声が割り込んできた。ルーフェスだ。

「ルーフェス……！」

たちまちルルリの顔が険しくなる。

「そもそも！　ルーフェスがジェイドの敵視確保《ヘイト》を待たないで攻撃するから、ジェイドに余計負担がかかるのです！」

「うるせえチビだな。これが俺のやり方なんだよ。敵視《ヘイト》をとるまでちんたら待てるか」

「そんな自分勝手なことするなら、もうルーフェスの回復なんてしないのです……！」

「やめろルルリ」

ルーフェスの自分勝手な行動と仲間を思いやらない言動に、ルルリの我慢は限界だった。それはわかっていたが、ジェイドはルルリを止めた。一度このパーティーでダンジョンに入った以上は、なんとか連携をとってやっていくしかないのだ。仲間割れをしてもいいことがない。

「でもこんな奴に――」

「ルーフェス。俺たちのやり方に不満があるのはわかるが、今はこういう形だ。死にたくないなら合わせてもらう。それに、導きの結晶片も持てよ。互いの危機を報《しら》せるものだぞ」

「導きの結晶片？　俺はそういうお仲間ごっこが一番嫌いなんだよ。あんまり俺に文句ばっかり言ってると、ショックであの女の正体を町中で叫んじまうかもしれないぜ？」

「……」

ぐ、とジェイドは押し黙った。無理をしてまで白亜の塔を進むのは、全てこのためだった。アリナが必死に隠してきた秘密を、こんな男に暴露されるのは耐えられなかったのだ。

それはルルリやロウも同様で、ルルリはぎゅっと眉根を寄せて、口を閉ざした。

「休んだから大丈夫だ。行こう」

悔しそうなルルリの頭をぽんとなでて、ジェイドは立ち上がった。とにかく今は、巻き込んでしまったルルリとロウを安全に帰すためにも、人型の魔物と遭遇しないことが最優先だ。それには全てジェイドの〈百眼の獣士〉《シグルス・ビースト》にかかっている。

ジェイドは慎重に歩を進めながら、じっと思考を巡らせた。

魔法陣から現れたという〝人型の魔物〟によるルーフェスパーティーの壊滅。しかしジェイドには一つだけ不審に思うことがあった。

三人の死体は損傷が激しく即死で、その人間離れした攻撃痕から魔物による死なのは明らかだったが――しかし一人だけ、ジェイドの見立てが正しいのなら、剣のようなものでめった刺しにされて死んでいた。薄暗くどれも血まみれの死体だったので少し観察しただけではわからないが、暗闇でもある程度視認性を高く保てるジェイドにはその死体だけ違和感があった。

まるで背後から誰かに刺されたような――

（あの場でそれができるとしたら、ルーフェスしかいない。けど未知数のS級ダンジョンでわ

ざわざパーティーを殺す理由がない……仲間の数が減るほど自分だって危うくなる）

当然だがジェイドはルーフェスの動向にも注意を向けていた。たとえ問い詰めて白状させたところで、アリナの正体を握られている以上、ルーフェスには逆らえない。

はあ、とため息をついて、ジェイドは廊下の薄闇の向こうを睨《にら》みつけた。

（どんな難関ダンジョンより、背を預けられない仲間の方がよっぽど厄介だな……）

しばらく進むと、回廊の終わりが見えた。暗闇の中に現れたのは、大きな鉄扉《てっぴ》。その向こうに濃厚なエーテルの気配が感じ取れた。

「……最後だな。リーダー」

ロウが低くつぶやく。ジェイドも頷《うなず》いて、腰の長剣を抜き、慎重に扉を開けた。

「……っ」

一歩入った瞬間、ジェイドは思わず腕で鼻を覆った。〈百眼の獣士《シグルス・ビースト》〉で感度を高めた鼻を、強すぎる血臭が刺激したのだ。しかし強烈な血の匂いの他になにかの気配はなく、部屋を見渡したジェイドは、小さく息を呑んだ。

「……ロウ。灯《あか》りを」

ジェイドに答えてロウが魔杖《ロッド》を一振りすると、小さな光球が天井高くまで浮かび上がっていく。照らし出されたのは、荘厳《そうごん》な四柱に囲まれたひときわ天井の高い部屋だった。

「これは……」

そこには、原形がどんなものだったかもわからないくらい、切り刻まれた肉片が転がり落ちていたのだ。すでに何者かによって命を奪われたその肉片は、次第にすっと虚空《こくう》に溶け消えていった。魔物特有の消滅現象。ということは——

「これ……もしかして階層《フロア》ボス、なのです……？」

「まさか、これまでの階層《フロア》ボスも、すでに誰かにやられてたってことなのか……？」

「——どいつもこいつも弱くてつまらなかったがな」

唐突に声がした方へ、ジェイドは慌てて目を向けた。

視線の先、太い柱の裏から、一人の男が現れた。冒険者というにはあまりに不釣り合いな出《い》で立《た》ちをした男だ。

武器も防具もなく、上半身は裸のまま、その隆々とした筋肉をさらけ出している。緩い布の腰巻きに、腰まで届く長い金髪は束ねることなく、無造作に垂れている。

なによりその男のみぞおちには、黒い握りこぶし大ほどの石が埋め込まれ、禍々《まがまが》しい光を放ちながら、不気味に輝いていた。

「……！」

〈百眼の獣士《シグルス・ビースト》〉を発動していたのに、彼の気配にすら気づかなかった。

その認めがたい事実に、ジェイドの全身に嫌な予感が駆け抜けた。確かめるより早く、どさ、とルーフェスが尻餅をついた。

「――人型の……魔物……！」

ゆっくりと歩み寄ってくるその男を指さし、ルーフェスは愕然《がくぜん》とつぶやいた。

「人型の……魔物？　それは違うな。私は、魔物でも、人でもないぞ」

男はにまりと笑った。そして片腕を突き出し、こう言った。

「唱《とな》え。〈巨神の暴槍《ディア・ストウム》〉」

「！」

聞き覚えのある神《ディア》の名を冠したスキル。同時に、男のみぞおちに埋まる黒石にスキルの光線が走った。彼の足下に白い魔法陣が浮き上がり、巨大な槍《やり》が虚空《こくう》から出現する。

銀の装飾が施されたその槍《やり》は、アリナが持っていたあの大鎚《ウォーハンマー》に似ていた。

「――私は〝魔神シルハ〟だ」

「魔神……!?」

シルハは生み出した槍《やり》を構え、好戦的な笑みを浮かべた。

「嬉《うれ》しいぞ。あの醜く哀れな魔物ども、たいしてうまい魂でもないくせに無限に湧き出てくるから、途中から殺すのも面倒になってきたところだった！」

嬉々として叫ぶや、シルハは地を蹴り上げ困惑するジェイドたちへ襲いかかった。

「くっ――スキル発動〈鉄壁の守護者《シグルス・ウォール》〉！」

目の前にしても視認すら難しい速度だったが、かろうじてジェイドの防御が間に合った。ガキィ！　と耳障《みみざわ》りな音を立て、大盾がすんでで銀槍の軌道を変える。耳横を通り過ぎる鋭い一閃《いっせん》。反応が遅ければ盾ごと顔面を貫かれていただろう。

「！　盾が……！」

銀槍を弾いた部分には、そのあまりの威力に大きな亀裂が走っていた。その様子に、ジェイドの顔が険しく歪《ゆが》む。ただの遺物武器《レリックアルマ》の大盾ではない。硬化する超域《シグルス》スキル〈鉄壁の守護者《シグルス・ウォール》〉が施された盾だったのだ。それをたやすく傷つけるとは――

「良《い》い反応だ。そこらの魔物よりは強いとみた。これは楽しくなりそう――」

――カツン。

ふいにシルハの後方で甲高い音が響いた。被弾と同時にジェイドが放り投げていた鞘《さや》が、床で跳ねたのだ。反応したシルハの視線が、一瞬ジェイドからそれる。

「今だ！　走れ！」

その隙をつき、ジェイドは扉に向かって走り出した。

ジェイドは今回の白亜の塔攻略において、一つルールを決めていた。人型の魔物と遭遇した時は、絶対に戦わず逃げること。今のパーティーではどう考えても戦力不足だからだ。ロウとルルリもジェイドの指示に素早く反応し、先ほどくぐったばかりの扉を目指す――

しかし。

「ひははははは！　逃がすかよぉ！　スキル発動〈鉄牢の死刑囚《シグルス・プリズナ》〉！」

ルーフェスの甲高い笑い声が、部屋に響き渡った。

瞬間、唯一の退路である部屋の出入り口の前に、突如出現した鉄格子《てつごうし》が立ち塞がった。部屋の端から端まで届く鉄格子《てつごうし》は、完全にジェイドたちの退路を塞いでいた。

「……！」

ジェイドの目は、そのスキルの持ち主――悠々と歩くルーフェスに向いた。

彼の顔には先程までの怯《おび》えた気配はなく、一転して下卑た笑みを貼り付けている。

〈油断はできないと思っていたが……よりにもよってこのタイミングか――！〉

臍《ほぞ》を噬《か》みつつも咄嗟《とっさ》に魔神に視線を戻す。しかし先程まで確かに魔神がいたはずのそこは、何もない薄闇が続くばかりだった。魔神の姿が消えている。

〈魔神の気配が追えない……――〉

全力で〈百眼の獣士《シグルス・ビースト》〉を展開させても、ここにいる四人以外の気配を捉えられない。首筋に嫌な汗が伝った。いつ、どこから、あのすさまじい槍《やり》の攻撃を食らってもおかしくないのだ。

「ルーフェス、いい加減にしろ！　こんなことをしてる場合じゃない……スキルを解け！」

「スキルを解く？　やァーなこった」

同じ窮地に陥っているはずなのに、ルーフェスは不気味なほどに落ち着き払っていた。まるで猛獣の解き放たれた危険な闘技場を、安全な観客席から見下ろしていると言わんばかり。

「なあ……どうせお前らは死ぬからよォ、冥土の土産にいいこと教えてやるよ」

ルーフェスはふいに声を潜めると、ジェイドの顔をのぞき込み、にやりと口角を吊《つ》り上《あ》げた。

「魔神ってのは、元々封印されてたんだよ。このダンジョンにな」

にやにやと笑いながら、ルーフェスが鉄格子《てつごうし》に手をかける。スキル発動者の意思に応え、鉄《てつ》格子《ごうし》がぐにゃりと曲がって、ルーフェスをその向こうに通し、また形状を戻す。

「だが俺がその封印を解いてやった。人の魂を喰《く》わせてやれば動くんだとよォ」

「……」

まただ。妙な違和感がちくりと刺さる。ルーフェスが自信満々に断言する、聞いたこともない唐突な情報。つまり奴は白亜の塔に来る前から魔神の存在を知っていた。だがどうやって？　遺物《レリック》の赤水晶《レッドオーブ》から受注書が発見され、白亜の塔の存在が確認されてからまだ一週間ほどしか経《た》っていない。その短い間に全く未知の魔神という存在に行き着くことなど、あり得るのだろうか。

「あとは白亜の塔にてめえらを連れてきちまえば白銀は全滅確定！　〝ギャンブル〟は俺の勝ちだな、え⁉　白銀サマよォ！」

「……ルーフェス、答えろ。その情報どこから得た」

「聞かれてホイホイ教えるワケねェだろ、バァ――カ！　ムカつく白銀がいなくなり、おまけに神域《ディア》スキルが手に入る。つまり、俺の一人勝ちィ！　笑いが止まらねえなあオイ！」

「……人の魂……？　おい、まさか、お前の仲間が死んだのって――」

は、とロウが気づいたように顔を強《こわ》ばらせた。どうやらジェイドの予想は、当たってしまったようだ。

「仲間？　ああ、あの使えねえ雑魚《ざこ》のことなら、魔神を復活させるために俺が殺してやった」

ルーフェスは、あっさりと認めて笑い声を上げた。

「ひははははは！　あれは傑作だったぜ？　魔神の封印の間で、俺が一人殺してやった時の、キョトーンとしたツラ！　魔神が出てきたあとは阿鼻《あび》叫喚《きょうかん》の地獄絵図でよォ！　俺が一足先にとんずらして、スキルであいつらの逃げ道を塞いでやった時なんて、見物だったぜ。あれが人間、絶望した時の顔って言うのか？」

「……な……仲間に……なんてことを……するのです……」

ルルリが愕然《がくぜん》と、かすれた声を出した。ルーフェスに殺された仲間たちは、少なくとも殺されるその瞬間までは、彼を信じてついてきたのだ。その冒険者の命を、ルーフェスは己の欲と野望のために簡単にちぎり捨てた。

「俺は憎たらしい白銀どもを殺せるなら、なんだってやるぜ？　てめえらは終わりだ！　終わりなんだよ！　ここで全員死ぬんだよォ!!」

ルーフェスはひとしきり狂喜すると、おどけたように舌を出し、ひらひら手を振ってみせた。

「俺はゆっくり神域《ディア》スキルを探すとする。てめえらはせいぜい、みっともなく足掻《あが》くんだな。階層中に響き渡る断末魔が楽しみ――」

　どす、と鈍い音が、唐突にルーフェスの言葉を遮った。

「……あ？」

　ルーフェスが不思議そうに視線を落とした。その胸に、いつの間にか巨大な刃先が生えていた。背中から突き刺された槍《やり》が、装備ごとやすやすと貫通したのだ。

「なっ――！」

　ルーフェスは驚愕《きょうがく》に目を見開き、その槍《やり》の主をゆっくりと振り返った。いつの間にか背後に、魔神シルハが立っていた。

「なん、で――！」

「なんで？　愚問だな。貴様の牢《ろう》など、紙より容易《たやす》く砕けるぞ」

　ガシャン、と音を立てて、数秒遅れて鉄格子《てつごうし》が砕け散った。これにはジェイドたちもぞっと背筋を凍らせた。自らの脇をすり抜けるシルハの気配など、一つも感じ取れなかったのだ。

「は、話が……違《ちげ》え……！　封印を解いた奴は……殺されねえって……！」

「哀れだな。誰に唆《そそのか》されたか知らないが、私の視界に入った者は、例外なく喰《く》われる定めだ」

「……！」

　嘘《うそ》をつかまされた。そうとでも言いたげに、ルーフェスの顔が絶望に歪《ゆが》む。

「貴様のせいでせっかくの興が台無しだ――だがまあ、感謝はしよう。貴様の愚かしく浅はかな計らいのおかげで、私は自由になれたのだからな！」

思い出したように血を吐き出し、ルーフェスは激しく咳《せ》き込んだ。助けを求めるようにジェイドたちに手を伸ばす。しかしすでに治癒光《ヒール》では癒やしようのない致命傷なのは明らかだった。

「……あ……あ……！」

その血まみれの震える手はがくりと力を失って、彼は槍《やり》に貫かれたまま絶命した。

「……くく、ああ不味《まず》い。くく……くく、はははは！　下劣で矮小《わいしょう》な、汚れきった魂だ！」

シルハが槍《やり》を引き抜いた。がくりとくずおれたルーフェスにはもう目もくれず、その視線はぬらりとジェイドたちに向く。

「さて、お前たちの魂はどうだ？」

その目は空腹の獣のように暴虐にギラギラと光り、獲物を見つけた喜びに満ちている。

――どうする。

ジェイドは背後にルルリとロウをかばい、シルハの一挙一動に神経を集中させながら、頭を切り替え逃げ道を探した。二人が取り乱さずにじっとしている判断は優秀だった。下手な一手は死を招くだけだということを、ジェイドと同様に察しているだろう。

神域《ディア》スキルを扱う魔神シルハの攻撃力は、〈鉄壁の守護者《シグルス・ウオール》〉も〈鉄牢の死刑囚《シグルス・プリズナ》〉もいともた

やすく破ってみせるほど。真正面から戦って勝てる相手ではない。

「どうした。捕食者に目をつけられた小動物らしく、抗《あらが》ってみせないのか？」

しびれを切らしたようにシルハが首をかしげる。

「ならばこちらからいくぞ！」

巨大な銀槍をいともたやすく一振りすると、腰だめに構え、シルハが迫った。

「伏せろリーダー！　竜蛇炎《イグニス》！」

ロウの声にジェイドは身を沈めた。同時に発動した黒魔法の業火《ごうか》が頭上を駆け抜け、波打ちながらシルハに向かう。

「くははは！　なんだこのお遊びは！」

シルハが槍《やり》を一振りすると、その風圧だけで炎が吹き散らされてしまった。まるで効いていないが、おかげでシルハの攻撃に少しの間が生まれる。

「……ルルリ！」

ジェイドは盾を突き出した。同時にルルリがジェイドの意思を読みスキルを発動させる。

「スキル発動〈不死の祝福者《シグルス・リバイブ》〉！」

魔杖《ロッド》から放たれた光がジェイドを包む。同時、ジェイドを狙ったシルハの槍《やり》が、盾ごと肩を貫いた。――しかし、えぐられた肩からは、しぶき上がるはずの血が一滴もない。

「ほう……！」

シルハがわずかに目を見張り、槍《やり》を引き抜いた。確かに負傷したはずのジェイドの肩は、しかし終ぞ血が流れることはなく、深い傷口はみるみる回復していく。

「再生能力を与える術か。面白い」

ぺろりと唇を舐《な》めたシルハは、その目をルルリに向けとんでもないことを言い放った。

「その術、もらおうか」

「は……!?」

「唱《とな》え。〈巨神の妬鏡《ディア・ドレイン》〉」

シルハのみぞおちの黒石にスキルの光が走る。同時、白い魔法陣がシルハの目前に展開した。そこから現れたのは、銀の装飾で縁取られた大きな丸鏡だ。

虚空《こくう》に出現した鏡は、主の意思に従い、その鏡面にルルリを映す。

「！　逃げ――」

ぞわりと嫌な予感がして、ジェイドはとっさにルルリの腕を引こうとした。しかし一瞬遅く、カッ！　と銀鏡から放たれた光に、ルルリが飲み込まれた。

「ルルリ!!」

心臓を鷲《わし》づかみにされたような恐怖に、ジェイドは表情を強ばらせた。しかしその光が収束した後、ルルリは変わらずそこにいた。何か大きな負傷があったわけでもない。ただし――

「杖《つえ》が……ないのです……!?」

ルルリの武器である魔杖《ロッド》が消えていた。

「この棒はいらないな」

は、と気づくと、ルルリの魔杖《ロッド》はシルハの手にあった。彼は一通り魔杖《ロッド》を眺めると、まるで木の枝でも折るかのように、片手で杖《つえ》を折って捨てた。

「しかし自己再生を与える術というのは面白い。ちょうど回復能力が欲しかったところだ」

そう言うとシルハは腕の腹の柔らかい肉を自ら噛《か》みちぎった。たちまち血が噴き出して真っ赤に染まる腕をしげしげと眺めてから、シルハはにやりと笑う。

「唱《とな》え。〈不死の祝福者《シグルス・リバイブ》〉」

とたん、シルハの腕を白い光が包み込み、欠損した肉を再生させて、傷を塞いでいく。

それはルルリの持っていたスキルだった。

「……ス……スキル発動！　〈不死の祝福者《シグルス・リバイブ》〉！」

その事実を認めたくないとばかり、ルルリが慌ててスキルを唱えた。しかし、その詠唱に応える光はない。

「そ……そんな……」

しんと静まりかえった部屋に、ルルリのかすれた声が響いた。

「スキルが……消えてる、のです――」

癒やしの魔法を操る白魔道士は、その魔杖《ロッド》をもって魔力を癒やしに変える。杖《つえ》がなくなったということはすなわち、魔法を失ったのと同義である。加えて〈不死の祝福者《シグルス・リバイブ》〉も消失したルルリは、もはや回復役《ヒーラー》としての役目を全て封じられてしまった。

「神域《ディア》スキルの……多重使用……」

消えていく銀鏡を呆然《ぼうぜん》と眺め、ぽつりとロウがつぶやく。

大鎚《ウォーハンマー》や銀槍と同様に、白い魔法陣から生み出された銀の鏡。おそらく標的の力を根こそぎ奪う神域《ディア》スキルだろう。相手の魔力や体力を吸い取る超域《シグルス》スキルはたくさんあるが、相手のスキルまで奪うほどの術は、超域《シグルス》スキルにはない。

「……」

ルルリの〈不死の祝福者《シグルス・リバイブ》〉がなくなったことにより、それまで自身を包んでいた白い光がみるみる消えていくのを見ながら、ジェイドは絶望的な戦況に追い込まれたことを確信した。それでもまだ、退路を見いだそうと必死に思考を巡らせる。

「……リーダー。まだ手はある」

ぼそりと、ロウが声を潜めた。

「あれほどのスキルを多重使用してるんだ。俺たちと同じ人間の構造をしてるなら、どこかで必ずスキル使用の疲労が現れるはずだ」

「……ああ……普通ならな」

ロウの指摘はもっともだ。超域《シグルス》スキルでさえ、二つ使用するだけで相当な消耗を強いられる。

それを超える神域《ディア》スキルをいくつも使用すれば、普通の人間ならばぶっ倒れてもおかしくない。

だが、ジェイドには妙な予感があった。姿形こそ人に近いものだが、魔神が発する気配は到底人間離れしている。人間の尺で推し量れないような圧倒的なものを感じるのだ。

「なんとか……一瞬でいい、隙さえつければ――」

はたと、ジェイドは続く言葉を飲み込んだ。ふいに魔神の、無造作に垂れた長髪の隙間に、キラリと光るものを見たからだ。

魔神の右のこめかみに刻まれた印。それはよく見知った、神《ディア》を示す太陽の魔法陣だった。

「ディ……神《ディア》の印!?」

ジェイドは驚愕《きょうがく》に目を見張った。それはどう見ても遺物《レリック》に見られる紋様だった。先人たちが自分たちのつくったものに必ず刻む、〝完全なるもの〟の証《あかし》だ。

ジェイドの声にロウも魔神に刻まれた印を見つけ、驚愕《きょうがく》に息を呑んだ。

「じゃ……じゃあ、まさかこいつ……先人がつくった、遺物《レリック》ってことか!?」

魔物でも、人間でもない敵。いや、本当に遺物《レリック》なら、そもそも生物ですらない。ということは、スキルの多重使用による疲労など、あてにできない――

「どうした。顔が青いぞ?」

とぼけたようにシルハは笑った。その目は、ぎらぎらと惨忍に光っている。捕まえた獲物をどういたぶろうか、考えている目だ。

「来ないならこちらから行くぞ。──唱《とな》え。〈巨神の裁剣《ディア・ジャッジ》〉」

絶望している暇すらなかった。

魔神の詠唱に合わせ、魔法陣が三つ、虚空《こくう》に出現したのだ。それらはジェイド、ルルリ、ロウのそれぞれの目の前に展開されたかと思うと、ゆっくりと銀の剣がせり出される。その鋭利な切っ先が、各々《おのおの》の獲物を狙い澄ましぴたりと止まった。

「か──」

ぞわりとジェイドの背筋に悪寒《おかん》が駆け抜けた。

「各個確定スキル──！」

焦《あせ》りが、ジェイドの思考をかき乱した。

各個確定スキルは、狙った全ての対象に攻撃を同時発生させ、ほぼ確実に標的を貫く暴力的なスキルだ。よほどの身体能力と動体視力でもない限り、回避は不可能と言っていい。

ジェイドは奥歯を噛《か》みしめた。神域《ディア》スキルの確定攻撃。直撃すれば、防御力の低い後衛役《バックアタッカー》と回復役《ヒーラー》であるロウとルルリなどは、確実に死んでしまう。

「……くそ……！」

こんなところで、二人を死なせてたまるか。

「……ルルリ、ロウ。この攻撃は俺が引き受ける。その隙に逃げろ」

「な、おい、リーダー⁉　どういうつもりだよ⁉」

ロウの問いには答えず、代わりにジェイドはシルハを睨《にら》みつけた。

「俺と勝負だ、魔神」

「……勝負？　私と一対一でか？　この私を相手に？　はは、面白い男だ！」

シルハは興味深そうにジェイドの目をまじまじと眺めてから、肩をすくめてみせた。

「安心しろ。お前への攻撃は一番最後にしてやる。そこの後ろ二匹が死ねば、一対一だ」

「そういうわけにはいかねえんだよ――！　スキル発動、〈終焉の血塗者《シグルス・ブラッド》〉！」

ジェイドは叩《たた》きつけるように叫び、三つ目のスキルを発動させた。たちまち赤い光が迸《ほとばし》り、三人に配置されていた全ての剣の刃先が、強制的にジェイドに向く。

「ジ……ジェイド!?」

しかしそのスキルを見たルルリの口から、悲鳴に近い声が上がった。

「それは私の〈不死の祝福者《シグルス・リバイブ》〉と合わせて使う約束なのです！」

ジェイドの持つ三つ目のスキル――〈終焉の血塗者《シグルス・ブラッド》〉は、周囲の仲間に向いた攻撃の矛先を、強制的に全て自分へと差し替えるものだ。自殺行為に近いスキルだが、ルルリの〈不死の祝福者《シグルス・リバイブ》〉と合わせることで有効に使えるものだった。

ルルリの回復手段が一切封じられている今は、文字通りの自殺行為だが。

「まさか、死ぬ気、なのです……!?」

ジェイドは答えなかった。代わりに、二人を巻き込まないよう距離をとる。それまで仲間の盾として決して譲らなかったその立ち位置はもう必要ない。全ての攻撃はジェイドに集中するからだ。

ほう、とシルハが感心したように声を上げる。

「弱小の術とはいえ、一つの体に複数持つか。人間にしてはやるじゃないか。――ならば受けてみよ、我が裁きを！」

剣の一本が、ジェイドの背後から襲いかかりその下腹部を貫いた。

「がは……ッ！」

ずん、と全身に襲いかかる痛みと衝撃に、ジェイドはたまらず体を折った。剣を引き抜こうと掴《つか》んだ手にも力が入らない。剣は攻撃を終えるとすっと消え、止血すら許されずにたちまち傷口から鮮血があふれ出す。

「ジェイド‼」

ルルリの悲痛な叫び声が他人事《ひとごと》のように遠くの方で聞こえている。だがジェイドは倒れそうな足を踏みしめ、気合いだけで持ちこたえた。その様を見てシルハが顔を輝かせる。

「いいぞ！　我が裁きをくらって立っていたのはお前が初めてだ！」

「はッ……！　そうだ、もっと攻撃してみろ……！」

ジェイドは口《くち》の端《は》から血を垂らしながら、不敵にシルハに笑ってみせた。

「毎日アリナさんで鍛えられてる俺はしぶといんだ……！」

ちらりと、せかすように目線をロウに送った。早く行けとその視線に込める。この好戦的な魔神の興味対象がジェイドから逸《そ》れてしまったら、もう他に二人を守る手立てがない。

「……っ……」

ロウはジェイドの意思をくみ取っていた。しかしそれでも、判断が付かず迷っていた。その間にも、二本目の剣がジェイドを貫かんと切っ先の狙いを定める。

ルルリにこの非情な判断は下せない。頼めるのはロウだけだ。

「ロウッ！」

ジェイドが強く叫ぶと、ロウの血の気が引いた顔は、覚悟を決めたように、あるいは辛《つら》そうに、険しいものへと変わっていった。

「ははは……それが根性という奴か？　人間というのは面白いな」

シルハは心から楽しそうに笑って、右手を掲げた。主の命に従い、二本目の剣が空を滑りジェイドの太ももに突き刺さる。まるで跪《ひざまず》けと言わんばかり、ジェイドの膝を地につけさせた。

「ぐぅ……！」

「ジェイ――」

たまらずジェイドに駆け寄ろうとしたルルリを、ロウが抱え上げた。

「ロウ⁉　なにするのです！」

「今がチャンスだ、逃げるぞ……！」

そう叫んだロウの顔は真っ青だった。

「ジェイドを置いて逃げろっていうのです!?　いやなのです、そんな、ジェイド──!」

暴れるルルリを抱えて、ロウは出口の扉へと走った。シルハの視線は一瞬二人を追ったが、それより目の前の獲物の方が興味深いとばかり、ジェイドに向き直る。

「……」

ルルリの声が遠のいていくのを聞きながら、ジェイドはなんとか立ち上がった。使い物にならなくなった片足を引きずって、二人の消えた扉へとゆっくり歩み寄っていく。残った最後の剣もぴたりとジェイドを追うが、どうでもよかった。

「ふ、結局仲間において行かれたか。仕方がない。人間というのはそういう生き物だ」

「そうだな……」

腹と太ももに空いた穴から流れ出る血は、そのうち致死量に至るだろう。油断したら手放してしまいそうな意識の中で、ジェイドは全身に襲いかかる激痛をねじふせ、半開きの扉を閉めて手を添えた。

「スキル……発動……〈鉄壁の守護者《シグルス・ウォール》〉……！」

赤い光に包まれた扉はみるみる硬化していき、シルハを自分ごとこの部屋に閉じ込めた。

「ほう……？　わざわざ退路を塞ぐか。見上げた根性だ」

魔神の神域《ディア》スキルを前に、超域《シグルス》スキルではいくらの封力もないだろうが、せめてロウとルルリが白亜の塔を出て転移装置《クリスタル・ゲート》まで飛ぶ時間を稼ぎたかった。もし万が一、二人が気を変えてジェイドを助けにこようとしても、これでこの部屋には入れないだろう。

「……」

——自分のやることはただ一つだ。

ジェイドは覚悟を決め、扉を背に魔神へと向き直った。

この閉ざした部屋の中で、奴の興味を引き続け、二人の逃げる時間を稼ぐこと。己を肉壁として仲間を守る——それが盾役《タンク》の役目だからだ。

「ははは！　いいぞ。素晴らしい生命力だ」

まだ光を失わないジェイドの目を見て、シルハはますます前のめりに、表情を輝かせた。

「なんとも食いがいがある」

恍惚《こうこつ》とした表情で口角を吊《つ》り上げると同時、残っていた剣が消えた。代わりに、ジェイドの周りに大量の魔法陣が並び、先ほどの数倍の数の剣がぐるりと取り囲んだ。

「……！」

「さて、何本まで立っていられるかな」

ジェイドの全身に濃厚な死の気配がのしかかった。逃げろと忠告する本能を無視して、代わりにジェイドはその恐ろしい剣たちを睨《にら》みつけた。

幸いなのは、シルハの興味がジェイドにあることだ。ジェイドが生き続けている限り、彼の標的はロウやルルリには移らない。

「……」

――俺はここで死ぬだろうな。

無機質にぼんやりとそう思った時、ふと、何の脈絡もなくアリナの顔が脳裏をよぎった。

こんな時も思い出すのは、眉根を寄せた彼女の、不機嫌な顔だった。存外、彼女のその表情は嫌いじゃなかった。そんなことを言ったらまた大鎚《ウォーハンマー》でぶん殴られるのだろうけど。

結局自分は、あの子の人生を少し振り回しただけだった。

彼女にしたら良《い》い迷惑だっただろう。アリナの言う通り、あの力はアリナのものだ。それをどう使おうが彼女の勝手なのだ。そんなことは途中からわかっていたが、ジェイドはダンジョンの奥底で彼女を発見したあの時から、どうしようもなくアリナに惹《ひ》かれていた。神域《ディア》スキルがあろうとなかろうと関係なかった。たとえ鬱陶しい冒険者の一人としか思われないとしても、ジェイドはアリナと関わっていたかった。好きな子にちょっかいを出したい子供と同じように。

――アリナが好きだった。

一見大人びているように思えて、実は誰より子供っぽいところも。

自分の欲望にはすごく素直なところも。

面倒なことはだいたい力で解決しようとするところも。

仕事中に見せる、目が死んだ表情も。冒険者にふりまく笑ってない笑顔も。怒った時のおっかない顔も。ジェイドに向ける心底嫌そうなしかめ面《つら》も。定時で帰れた時の清々《すがすが》しい顔も。

だから
――だから、あともう少しだけ、彼女を見ていたかったな……。

叶《かな》わない願いをぽつりと思って、ジェイドは歯を食いしばり目を閉じた。次に瞳を開いた時、その双眸《そうぼう》は、甘い願いなどかなぐり捨てて、決死の覚悟を決めた鋭い光を放っていた。

「お前の、攻撃なんてな――！」

最期《さいご》まで立ち、どんな攻撃も受けてみせる。たとえ死のうとも、死体さえ肉壁として仲間を守る。それが盾役《タンク》だ。

「――アリナさんの大鎚《ウォーハンマー》に比べたら、痛くもかゆくもねえんだよ……！」

33

突如として白銀をはずれたアリナは、いつも通り受付嬢に戻っていた。

いつも通りというのは、深夜まで残業するというところまで、しっかりいつも通りである。

「はあ……もう帰りたい……」

ぼそり、とアリナは真夜中のイフール・カウンターでつぶやいた。いつもなら虚空《こくう》に吸い込まれていくだけの愚痴だが、今日はそれに応える声があった。

「ほんとですよ……なんで私まで残業しなきゃいけないんです？」

不満そうにそう言ったのは、アリナの後輩にして新人受付嬢のライラだった。

いつもは猫のように丸く可愛《かわい》らしい瞳を、今は半分くらいにして、机に顎をのせてぶつぶつ言っている。そんな後輩をアリナはぎろりと睨《にら》んで叱りつけた。

「あんたの！　ミスの！　尻拭いでしょーが！！！　あんたが残らず誰が残るってのよ!!」

「うぅ……そのとおりですぅ……」

「今日片付けちゃえば明日は定時で帰れるんだから、口じゃなく手を動かしなさい手を」

いつもの残業のお供、ポーションを少し飲んで、デスクに積まれた書類の山を睨《にら》みつけた。

白亜の塔発見は、冒険者たちに衝撃をもたらしていた。何しろ今まで言い伝えでしかなかった裏クエストが発見されたのだ。当然多くの冒険者が殺到することが予想されたが、ルーフェスパーティーの壊滅を受けて白亜の塔の受注は《白銀の剣》のみに制限されていた。

おまけに実力者揃《ぞろ》いのパーティー壊滅を聞いて、冒険者たちは今更自分たちの仕事の危険性を思い出したとばかり、全体的な受注数まで減っているのである。

順当にいけば残業はないはずだった。しかしアリナがいない間――と言っても一日だけだが――ライラの犯したミスがたまりにたまって、結局その尻拭いに追われているのであった。

「ま、今回は終わりが見えてるだけ、まだマシか……」

つぶやきながら、事務作業を再開する。

今回は、冒険者がボスを倒してくれることをひたすら待ち望みながらの、終わりのない残業とは違う。《白銀の剣》がどれだけ攻略に行き詰まろうが、アリナの業務には影響しない。

（そういえば、いま四層《さいご》まで行ってるんだっけ）

噂《うわさ》好きなライラから聞いた情報によると、白銀たちはすでに三層を突破したらしい。出所の不明な情報なので信憑性《しんぴょう》は低いが、それでもアリナは、ほ、と胸をなで下ろした。

（て、なんでほっとしてるんだろ私）

「それにしても残念ですね先輩……」

「なにが」

「処刑人様ですよー！　ギルドが処刑人様の捜索を諦めるなんてぇぇ！」

ライラはおいおいと泣きながら書類で埋もれたデスクに突っ伏した。

「……」

結局アリナとの勝負に負けたグレンは、約束通り、処刑人の捜索を打ち切ったのである。処刑人の捜索は永遠に再開しないという見解も正式に発表していた。

そう、つまりこれで、アリナの副業が世間にバレることもなくなり、受付嬢クビの危機も去ったのである。処刑人の話題もすぐに皆から忘れ去られるだろう。受付嬢としての安定の立場が永遠に約束されたのだ。

あとは突発的に発生する残業さえ何とかなれば、「受付嬢という安定職で、毎日定時帰りする」という理想の平穏を手に入れることができる。

長らく空席だった白銀の前衛役《トップアタッカー》枠にもルーフェスが収まり、四層まで進んだということは案外うまくやっているのだろう。アリナの家ももうすぐ修復が終わる。そしたらあの白銀の宿舎を引き払って、それで、アリナはもとの受付嬢人生に戻れるのだ。

全てが丸く収まろうとしていた。

──だというのに、こうもすっきりしないのはなぜだろう。

「代わりにルーフェスを前衛役《トップアタッカー》ですよ⁉　私は納得いきません」

「なんでよ」

「だってだってイケメンじゃないんですよー！！！」

「えぇ……」

「私はそこに処刑人様が収まって欲しかったんです！　すっぽりと！　なんでギルド諦めちゃうかなああああ──って先輩、机の中、何か入ってます？」

「？　そりゃいろいろと」

「光ってますけど……」

「え？」

言われた意味がわからず首をひねったアリナは、自分の机を見て驚いた。確かに言われた通り、引き出しの継ぎ目から隠しきれないほどの強い光が漏れ出ていたのだ。

「残業のしすぎでついに目が……」

「馬鹿なこと言ってないで、先輩机開けてみてくださいよ」

アリナはおそるおそる引き出しを開けてみた。ライラも怖がりつつも背中からのぞき込む。

ごろり、と転がってきた光源……それは、

「わ、きれいな結晶――」

「げ！！！」

アリナはすばやくその結晶をひっつかみ、手の中に隠した。

それでも煌々《こうこう》と輝き続けるそれは、白亜の塔に行った際、ジェイドから渡された〝導きの結晶片〟だった。一般の冒険者はおろか受付嬢が持ちようもないアイテムであり、ご丁寧にもあれには白銀の紋章が彫り込まれているのだ。

（あっっっっっっぶな！　見られてないよね……!?）

心臓をばくばくさせるアリナに、ライラが不満そうに唇をひんまげた。

「ちょっと先輩！　隠さないで見せてくださいよー！」

「べ、別に、なんでもいいでしょ、ただの光る石よ」

「ただの石は光らないんですよ！」

ライラをむりやり押しのけて、アリナは結晶片をポケットの中に突っ込んだ。ポケットが光り輝いているが気にしないことにする。がんとして見せようとしないアリナにライラも諦めたようで、しぶしぶ机に戻っていった。

(そういえば返すの忘れてたな……帰ったらあいつの部屋にでも放り込んでおくか)

再び気合いを入れて事務作業に取りかかろうと、最後のポーションを飲もうとして、はた、とアリナは気づいた。

——持ち主が瀕死《ひんし》になった時、他の欠片《かけら》たちが一斉にそこへと導いてくれる——

脳裏をよぎった導きの結晶片の意味。

「……！」

アリナは目を見開き、凍りついた。

思わず息を呑んだ。

どくんと心臓が跳ね上がった。

そろりと服の上から結晶片を触る。発光の熱でほのかに温かいそれは、まだ光っている。

ガタン！　と大きな音を事務所中に響かせ、気づいたらアリナは椅子を蹴って立ち上がっていた。ぎょっとしたのはライラで、突如立ち上がったまま無言で立ち尽くすアリナを、困惑の表情でしげしげと眺めている。

「せ、先輩？　どうしたんです？」

ライラの質問に答える余裕はなかった。心臓の跳ねる音がうるさいくらい頭の中でガンガン鳴り響いていた。結晶片の光が強くなっているということは、今この瞬間、ジェイドか、もしくは白銀の誰かが、ダンジョンで瀕死《ひんし》状態になっているということだ。そう理解したアリナは、ただ目の前の書類の山を凝視することしかできなかった。

シュラウドの死を伝えた冒険者の、無機質な言葉が蘇《よみがえ》る。

——シュラウドは……もう帰ってこない……

「っ！」

次の瞬間、アリナは弾《はじ》けるように走り出し、事務所を飛び出していた。

「アリナ先輩⁉　ちょ、アリナ先輩——っ⁉⁉」

ライラの叫び声が遠のいていく。どうして走っているのか、自分でもよくわからなかった。

34

光を放つ導きの結晶片を握り締め、アリナは夜も更《ふ》けた暗いイフールの町を駆け抜けた。

自分を突き動かすものが何なのか、その正体もわからないままとにかく無我夢中だった。

今すぐ回れ右して受付所に戻り、明日の定時帰りのために残業を片付けないといけないのに。

それこそがアリナの最も重要としてきたものだというのに。つんのめりながら走り続ける体は止まってくれなかった。

目指す場所だけははっきりしている。ギルド本部にある転移装置《クリスタル・ゲート》だ。スキルを発動させて、飛躍した脚力でほとんど飛ぶように、全速力でギルド本部へ走った。街道を抜け、固く閉ざされた大きなギルド本部の鉄門を飛び越えて、静まりかえった庭を突っ切る。

夜闇の中、転移装置《クリスタル・ゲート》の淡い光がぼんやりと見えてきた。アリナはポケットの中に忍ばせている冒険者のライセンスカードをかざそうとして——

「待て！」

鋭い声に呼び止められ、は、とアリナは足を止めた。

ようやくアリナは我に返り、肩で荒い息をしながら、近づいてくる男たちに目を向ける。

「誰だ！　いま転移装置《クリスタル・ゲート》は封鎖されている——」

ガチャガチャと音を立てながらアリナを取り囲んだ男たちは、ギルドの紋章が刻まれた揃《そろ》いの装備に、揃《そろ》いの長剣を装備していた。おそらくギルド本部の警備たちなのだろう。

「——って、なんだ、受付嬢？」

警備たちはアリナの受付嬢の制服を認めると、拍子抜けしたように構えた長剣を下ろした。

「こんなところに何の用だ。ここの転移装置《クリスタル・ゲート》はダンジョン行き専用だ。冒険者以外は使えないぞ。どこかの町に転移したいのならイフールの転移装置《クリスタル・ゲート》を使え」

「ちょ……っ」

腕を掴《つか》み強引に退去させようとする警備たちに、アリナは慌てた。思わずスキルを使ってぶっ飛ばそうとして、自分がまだ受付嬢の制服を着たままであることを思い出し手を止める。

しまった、とアリナは青ざめた。

何も考えず慌てて飛び出してきたから、変装できるものを何も持ってきていない。せめて処刑人の顔を隠せるマントがあれば——

「……っ」

どうする。どうする。

胸をかきむしりたいほどの焦燥感が、アリナの思考をかき乱した。

早く行かなければ。瀕死《ひんし》なのだ。早く行かなければ死んでしまう。

しかし一方で、冷静な自分がその愚かな行為を強く叱責した。

ここで強引にでも転移装置《クリスタル・ゲート》を使えば、少なくともライセンスカードの持ち主……冒険者であることがバレてしまう。まして大鎚《ウォーハンマー》など出して警備を一掃しようものなら、処刑人であることまで。今までギリギリ隠し続けてきて、ようやく手に入れた、受付嬢としての安定の立場が崩れ去る。今までの努力が、このたった一瞬で、崩壊してしまう。

脳裏でシュラウドの死がよぎった。同時に、冷たい言葉が通り過ぎる。

——冒険者なんてどうせ死ぬ。

確約のない報酬のために危険なダンジョンにのこのこ行って、予想通り魔物に襲われ、そして死ぬ。そんなリスクだらけの生き方をあえて選んだ奴らなのだ。

私は違う。私はそのリスクを避けるために、受付嬢をやってきた。残業があっても、辛《つら》くても、受付嬢をやり続けた。冒険者みたいな不安定な生き方なんてごめんだったからだ。

その私が、なぜ冒険者のために人生を投げ出し、ようやく手に入れた〝受付嬢〟という安定をみすみす手放さなければならないのだ。

「……」

——それが《白銀の剣》だ。

当たり前のように言ったジェイドの言葉が、ぽつんと耳に残っていた。成果のためにダンジョンに行く、たとえそれが危険であろうとも。それが白銀であり、それが冒険者の仕事なのだとあいつは言う。

なんだそれ。馬鹿すぎる。死んだら元も子もないのに。危険を避け続けたシュラウドだって死んでしまったのに。自らリスクだらけの選択をする奴が、いつまでも無事でいられるわけないじゃないか。

案の定瀕死《ひんし》になって、ざまあみろだ。本当に馬鹿だ。

あんな馬鹿を助けにいく義理がどこにある。

放っておけ——

「——スキル、」

ぼそり、と、気づいたらアリナはつぶやいていた。

「え？」

「スキル、発動……！　〈巨神の破鎚《ディア・ブレイク》〉！」

ぎゅ、と結晶片を握り締め、アリナは決して言ってはならない言葉を口にした。

音もなくアリナの足下に白い魔法陣が展開する。夜闇を切り裂くように現れた白い光から大鎚《ウオーハンマー》が作り出され、アリナはその柄をしっかと握り締めた。

ああ、もう戻れない。私もたいがい馬鹿だ。馬鹿すぎる。

「な……⁉」

「スキル⁉」

警備たちが慌てて離れ、剣を構える。

「受付嬢じゃないのか⁉　いや、そもそもなんだ、そのスキルは――」

「ま、ま、まて！　ちょっと待て‼」

動揺する警備たちの中、一人が何かに気づいたように、ひときわ大きな声を張り上げた。

「……そ……そそ、その、巨大な、大鎚《ウオーハンマー》は……――」

彼が言わんとしていることに他の警備たちも気づき、次々に、はっと言葉を飲み込んだ。

「……まさか――……………………処、刑……人？」

呆然《ぼうぜん》とアリナを指さした警備の男は、ただひたすらに困惑の表情を浮かべていた。

それもそうだろう。なにしろ、目の前で大鎚《ウオーハンマー》を構えているのは、ミステリアスなイケメン冒険者でも、屈強な女戦士でもない。

ただの受付嬢なのだから。

「――そこを、どきなさい」

アリナは顔を隠さなかった。むしろ決然と顔を上げ、大鎚《ウォーハンマー》を構えて低く言い放つ。

〝――シュラウドは……もう帰ってこない――〟

アリナの心にしこりのように残るその言葉。リスクを犯すということが、どういうことなのか。夢見がちだった幼いアリナに厳しい現実を徹底的に叩《たた》きつけた。

だから、アリナは思ったのだ。

冒険者になって、獅子奮迅《ししふんじん》の活躍――そんなものは、もういらないと。

大豪邸に住みたいなんて思わない。大金持ちにも、玉《たま》の輿《こし》にも興味はない。波瀾万丈《はらんばんじょう》の人生もいらない。そこそこの生活ができて、そこそこ自分の時間を楽しみながら、毎日心穏やかに暮らせればそれでいい。

――誰かの死を、見るくらいなら。

「もう……うんざりなのよ……っ」

もうたくさん。あんな思いは、まっぴらごめんだ。

瀕死《ひんし》だと？　もう帰ってこないだと？　ふざけるな。そんなの私が許さない。そんな愚か者は、私がダンジョンから引きずり出して、力尽くでも連れ帰ってやる。

たとえ最大のリスクを、犯そうとも。

「どかないなら、ぶっとばす……！」

35

「ロウ、いい加減にするのです！　降ろすのです、ロウ！」

抱えられたままルルリが暴れると、ようやくロウは足を止めた。いや、力尽きたと言ったほうが正しいか。ゼエゼエと肩で荒い息をしながら、ロウがへたり込む。四層から二層まで、暗いダンジョンを人一人抱えながら全力で駆け抜けてきたのだ。もともと身体能力が高いわけでもない黒魔道士のロウにとっては、そこまでが限界だったのだろう。

倒れ込むように壁にもたれ、首筋の大汗を拭ったロウに、ルルリは怒鳴った。

「ロウ、自分が何したかわかってるのです……!?」

「……」

ロウはうつむいたまま答えない。そんな彼を、ルルリはさらに責め立てた。

「なんでジェイドを置いてきたのです⁉　なんで私たちだけ……このままじゃ、ジェイドが死んじゃうのです！　戻らなきゃ、ジェイドが、このままじゃ――」

「戻って、あの場で、俺たちに何ができるんだよ‼」

とんできたロウの怒声に、は、とルルリは言葉を飲み込んだ。

「戻るだと⁉　絶対許さねえぞ！　リーダーの覚悟を無駄にする気かよ！」

「……！」

「リーダーが命を賭けて作った退路だぞ……！　俺たちは逃げなきゃいけねえんだよ……！」

「……っ」

何も言えなくなって、ルルリは唇を噛《か》みしめた。

ルルリだってわかっていた。あの魔神が相手では、自分たちなど足手まといでしかないと。全滅を避ける唯一の手段は、こうして誰かを一人、見殺しにして、逃げるしかないことを。

「今から戻ったって、どうせリーダーは〈鉄壁の守護者《シグルス・ウォール》〉で扉を封じるはずだ……！　俺たちにその扉が破れるのか？　こうなった以上、もうどうにも、できねえんだよ……っ！」

そう言ったロウの言葉も、最後は苦しそうにかすれていた。彼の血の気の失《う》せた蒼白《そうはく》な顔を見て、ルルリは悟った。ロウだってこんなことはしたくなかったのだ。どうにか三人で生き残る方法を、見いだしたかったのだ。しかし、現実はこうするしかなかった。

「……」

足から力が抜けて、ルルリはその場にへたり込んだ。ロウの苦々しい表情が、ぐにゃりと歪《ゆが》んだ。気づいたらぽろりと、涙がこぼれ落ちていた。

「……ジェイドは……死ぬのです……？」

「……」

かすれそうなルルリの問いに、ロウは目をそらすだけだった。震える手で彼のローブを掴《つか》み、もはや否定の言葉を懇願するように、ルルリは声を絞り出した。

「……死んじゃうのです……？」

沈黙がロウの答えだった。聞かなくともわかっていた。あんな魔神に、ジェイド一人で敵《かな》うはずがない。まして彼はもう瀕死《ひんし》で――

ルルリは唇を噛《か》みしめ、最後に見たジェイドの姿を思い出した。普通の冒険者だったら、もうとっくに死んでいておかしくない負傷。見ていることしかできなかった自分。

無力だった。

回復役《ヒーラー》のくせに、一番肝心な時に何もできなかった。

自分はどうしようもなく、無力だった。

うつむいて、冷たい地面についた手に、ぼたりぼたりと涙が落ちる。

彼は盾役《タンク》としての責務を全うした。未知なる敵に最期《さいご》まで立ち向かい、仲間のために命を懸けた。ジェイドは最期《さいご》まで、白銀を率いる優秀なリーダーでいてくれた。

――でも、彼は。白銀のリーダーである前に、優秀な盾役《タンク》である前に……ルルリたちにとって、亡《な》くしたくない大切な友人だったのだ。

「誰か……誰か……っ、ジェイドを助けて……っ」

絞り出すような祈りを、ルルリはつぶやいた。死神でも、なんでもいい。彼を救ってくれるなら。自分たちには到底できないことを、叶《かな》えてくれるのなら。悪魔だって構わない。

誰か、お願いだから、大切な友達を救ってくれ。

「……俺たちにはなにもできない……──でも、」

ぽつりと、ロウがつぶやいた。

「できるかもしれない奴が、一人いるだろ」

は、と顔を上げたルルリの顔を、柔らかい光が照らした。

ロウが首から下げていた装飾品を引っ張り出したのだ。薄暗いダンジョンに、淡い緑色の光を放つそれは、《白銀の剣》のみが持つことを許された、特別なアイテム──導きの結晶片だ。

「！」

ロウの言わんとしていることにルルリも気づいた。

「リーダーのあの怪我《けが》だ。さすがに光ってる……これに〝あの子〟が気づいてくれれば──」

──グゥゥ……

しかしその時、ロウの一縷《いちる》の望みを断ち切るように、魔物の低い唸《うな》り声が響いた。

「！」

はっとして振り向くと、暗闇からのそりと大きな魔物が姿を現した。筋肉に覆われた頑強な身体《からだ》に、巨大な二本角を持った四足獣──ベヒモスだった。ベヒモスの空腹にギラギラ光る目は、すでに二人の姿をはっきり映し、獲物を狙い澄まして頭を低く構えている。

「ちっ――！」

ロウがルルリを背後にかばい魔杖《ロッド》を構えると同時《どうじ》、ベヒモスが牙を剝《む》いて襲いかかった。

早い……！　ルルリは最悪の光景を想像し息を吞んだ。不意を打たれたせいで先手をとられ、敵が一歩早かった。魔法攻撃には発動までに数秒のタイムラグがある。ベヒモスの攻撃速度を上回れるかは――

「竜蛇《イグニ》――！」

どごん！

襲いかかった衝撃音は、しかしベヒモスがロウを切り裂く音でも、黒魔法の業火《ごうか》が空を焼く音でもなかった。

そのどれよりも早く、〝何か〟が突如すっ飛んできた。それは確実にベヒモスの横腹に直撃し、頑強なベヒモスの身体《からだ》をまるごと薄闇の向こうへ吹っ飛ばしたのだっ

ギャイン！　とベヒモスの短い悲鳴。次いで灯《あか》りに照らされたベヒモスの影は、そのたった一撃で痙攣《けいれん》し、やがて分解されて消えていく。

「……！」

魔物を一撃で撲殺した〝それ〟は、息を吞んだ二人の前にふわりとスカートをたなびかせて着地した。受付嬢の可愛《かわい》らしい制服を着た、一人の少女だ。

ただし手には物騒な大鎚《ウオーハンマー》を携え、銀の殴打《おうだ》部分はすでにその半分を魔物の鮮血で赤く染

め上げている。本来なら麗《うるわ》しいはずの受付嬢の制服にも、彼女の端正な顔にも、点々と魔物の返り血が飛び散っていて、どちらかというとその出で立《いた》ちは殺人鬼のそれである。

けれど二人には、そんな物騒な彼女の姿が、救世主のように見えた。

「「アリナさん……！！」」

アリナは胸元で揺れる導きの結晶片をちらりと見て、その光の指す方角が二人ではないことを確認し、ほっと息をついた。

「よかった。二人は無事なのね」

そう言いつつも、アリナの表情はまだ硬い。導きの結晶片は、淡い薄緑の光をさらに階層の奥へと伸ばしていくからだ。

「てことは、この光はやっぱりあいつの――」

「アリナさん、ジェイドを助けて！」

ルルリは思わず、アリナにしがみついていた。

「ジェイドが、ジェイドが死んじゃう……！」

涙で顔面をぐちゃぐちゃにさせながら懇願するルルリの様子に、アリナは事態の深刻さを理解したようだ。彼女の表情はますます険しくなる。

「……リーダーは四層の奥で人型の魔物……いや〝魔神シルハ〟と戦ってる。光が指す方角だ」

ルルリに代わって、ロウが冷静に現状を伝えた。

「……〝魔神〟？　魔物じゃなくて？」

「……あいつは……おそらく、遺物《レリック》だ」

「遺物《レリック》？」

「魔神の身体《からだ》に、遺物《レリック》と同じ神《デイア》の印が刻まれていた……少なくとも先人が造り出したものなのは確かだ。人の魂を喰《く》って動き……神域《デイア》スキルを、複数使う」

「……」

「昔から言われてた、裏クエストで入手できる特別な遺物《レリック》……おそらくそれは、魔神のことだったんだ。リーダーはそいつを〈鉄壁の守護者《シグルス・ウォール》〉で自分ごと閉じ込めたはずだ。俺たちが逃げる時間を稼ごうとしてる……——たぶん、死ぬ気だ」

「……。そう」

それだけ聞けば十分とばかり、アリナは光の指し示す方へ顔を向けた。

「わかった。後は私に任せて」

36

アリナは導きの結晶片の光をたどり、導かれるままに四層を走り抜けた。

といっても大きな回廊が延びているだけのその階層は、迷いようもない。やがて硬く閉ざされた鉄扉《てつび》が見えた瞬間、アリナは躊躇《ちゅうちょ》なく大鎚《ウォーハンマー》を振り上げた。

「はあ‼」

叩《たた》き込んだ大鎚《ウォーハンマー》の一撃で、鉄扉《てつび》はたやすく吹き飛んだ。勢いのまま滑り込んだアリナは、はたと足を止める。

部屋の中は真っ暗で、不気味なほどに静まりかえっていたからだ。今まさにジェイドが魔神とやらを足止めしているのではなかったのか。戦闘の音も気配もなにもなく、ただ深い闇だけが広がるその部屋の奥を見つめ、アリナの胸に強い不安がよぎる。

唯一の灯《あか》りである、首から下げた導きの結晶片の光が、奥へと吸い込まれていく。深い闇に埋もれて見えないその先を睨《にら》みつけ、アリナは魔神を警戒しながら慎重に進んだ。

「――ジェイド？」

静寂の向こうへ、おそるおそる、呼びかけてみる。返事はなかった。不気味なほどに沈黙を貫く空気の中を、導かれるままに進んで――ふと、アリナは立ち止まった。

結晶片の光が、ついにその案内先に辿《たど》り着いたのだ。薄緑の光がぼんやりと照らしたもの。それは、足を投げ出し壁にもたれた、一人の男の姿だった。光は彼の胸元の結晶片へと吸い込まれていった。

沈黙する彼の状態は、ひどいものだった。

苛烈な攻撃を受け続けたのか、身につけた防具は損傷が激しく、一部は崩れ落ち、これ以上その役目を果たせそうにない。彼を襲った攻撃はたやすく防具を貫いたのだろう、肉体は傷だらけで、血に汚れてどす黒く染まり、周りには濃い紅の海が広がり続けている。投げ出された足下にごろりと転がっているのは、あちこちヒビ割れようやく原形をとどめているような、見覚えのある遺物武器《レリックアルマ》の大盾だった。力なくうなだれているのは、赤く汚れた銀の髪。

それは、変わり果てたジェイドの姿だった。

「……………！」

がつんと脳みそを直接ぶん殴られたような衝撃が、アリナの全身を貫いた。

息が詰まり、しばらく言葉が出なかった。顔の筋肉は硬直し、目を見開き、その光景を凝視したまま立ち尽くすことしかできなかった。どくん、どくんと心臓が跳ね上がり、奇妙なほど静まりかえった空間に、激しい鼓動の音が響いている。柄にもなく足が震えた。

「……ジェイ……ド……？」

絞り出した声でおそるおそる呼んでみても、俯《うつむ》いたままの彼の頭は少しも動かない。

「う、そ、でしょ……返事、してよ、ねえ！」

怒鳴っても、彼は死体のように動かなかった。

いつもだったら、呼んでなくても来るくせに。

鬱陶しいほどつきまとってくるくせに。

「――…………っ」

間に合わなかった。

アリナは切れそうなほどに唇を噛《か》み、目の前に横たわるその事実に、大鎚《ウォーハンマー》を握り締めた。

間に合わなかったのだ――

絶望が重くのしかかり、視線が落ちる。シュラウドの死を告げられた時の記憶が、瞬間脳裏を過ぎた。暗闇に浮かび上がるつま先を睨《にら》みつけ、こみ上げてくる何かを懸命にこらえながら、しかし頭の片隅では他人事《ひとごと》のようにこの事実を納得していた。彼は冒険者だ。これは当然の結果だ。いつか辿《たど》り着《つ》く運命に、今終着しただけなのだ。

――殺気。

はっとして、アリナはとっさに横に飛んだ。直後、凄《すさ》まじい一撃がアリナのいた場所、ジェイドの足下に突き刺さった。

「ほ、私の攻撃を避けるか。また楽しめそうな奴が来た。今日は良《い》い日だ」

嬉《うれ》しそうに声を弾ませ、突き刺した銀の槍《やり》を引き抜いたのは人間の男だった。いや、返り血を浴びたむき出しの上半身に、長い金の髪を持つその姿は確かに人間のそれであったが、腹に黒い石のようなものを埋め込ませる姿は明らかに人間離れしていた。

根拠はないが、アリナは察した。

「魔神……！」

魔神シルハ。おそらくロウがそう呼んでいた、〝遺物《レリック》〟。

男は肯定するようににやりと笑うと、右手から光球を生み出し、部屋を照らした。そのこめかみに、確かに遺物《レリック》に必ず見られる太陽の魔法陣——神《ディア》の印が見える。

「その男を助けに来たのか？　残念だが、そいつは死んだ」

シルハは沈黙するジェイドに視線をやり、あっさりと、そう告げた。

「ちょうど魂を喰《く》ってやろうとしていたところだ。いやしかし、その男にはなかなか楽しませてもらったぞ。人間はもっともろいモノだと思っていたがな。予想以上にしぶとかった」

シルハはそう言って笑った。そのあざ笑うような口ぶりは、まるでジェイドのことを使い捨ての玩具かなにかだとでも言いたげだった。

「……っ」

ぎり、とアリナは奥歯を噛《か》みしめた。

こみ上げてくるこの感情が何なのか、アリナにはわからなかった。ただどうしようもないほどの、激しい感情が胸中で渦巻いた。

こんな奴に。

こんな奴に——！

「まあ〝食事〟は後でいい……目の前の獲物を、逃がさないことの方が大切だ！」

シルハは嬉々《きき》として大槍を振り上げ、アリナに迫った。速い。一瞬で間合いを詰められたが、アリナの大鎚《ウォーハンマー》がかろうじてそれを受け止める。ガギン！　と互いの武器が音を上げ、大気が震えた。アリナの足がたまらず後方に押される。

「ほう⁉　我が槍《やり》を受け止めるか！」

「……あんたが、魔神――」

銀槍を受け止めながら、アリナは低く唸《うな》った。

大丈夫だと言って、宿を出て行くジェイドの顔がちらりとよぎった。

なにが大丈夫だ。

〝アリナさんとどっかのダンジョンに行く〟んじゃなかったのか。

どいつもこいつも、冒険者というのはいつも約束を守らない。

「……お前なんか……ぶっ殺してやる……っ！」

力任せに、アリナは大鎚《ウォーハンマー》を振り抜いて、銀槍を押し返した。

「ほうっ⁉」

その怪力にシルハの身体《からだ》が宙を浮く。アリナはその無防備な腹めがけ大鎚《ウォーハンマー》を叩《たた》き込んだ。

「ぶっ殺してやる‼‼」

シルハの無防備な身体《からだ》はたちまち床にたたきつけられ、アリナはさらにそこへ、大鎚《ウォーハンマー》を振り下ろした。怒りに任せ、一方的に殴り続ける。部屋が揺れ、埃《ほこり》が舞い上がり、石床がめくれ上がっていく。

「――ははぁ、面白い、面白いぞ」

しかし、一連の攻撃が終わったあと、何事もなくシルハは立ち上がった。あれほどの攻撃を受けてなおシルハは口《くち》の端《は》から一筋血を流すだけで、彼はその血すら嬉《うれ》しそうにぬぐう。

ふいに、シルハは槍《やり》をかき消すと、右手を突き出し静かに唱えた。

「唱《とな》え。〈巨神の裁剣《ディア・ジャッジ》〉」

呼応するように、シルハの腹に埋め込まれた黒い石にスキルの光のようなものが走った。かと思うと、空中にいくつもの魔法陣が現れ、出現した剣たちがアリナの周りを取り囲む。

「……！」

動揺する暇もなく、四方を囲んだ長剣が一斉にアリナに襲いかかった。ほとんど反射で地を蹴り、アリナは上空へ逃げる。数本の剣が硬い床にやすやす突き刺さる様子を眼下にとらえながら、ぐるりと体勢を立て直し――

「逃げられると思うな」

はっと気づくと、さらに別の剣が背後に出現していた。

「くっ」

迫り来るその剣を大鎚《ウォーハンマー》ではじき返す。先ほど受けた槍《やり》の刺突よりは軽い。だが――

「――！」

着地と同時。振り抜いた後に生まれる一瞬の隙。その瞬間を見計らったかのように、眼前に一本の剣が出現した。

――避けられない。

アリナの表情がひきつった。

感覚が敏感に死の気配を感じ取り、終わりへの秒針を刻むかのように、一瞬が数十秒にも引き延ばされる。何もかもが静止した視界の中、恐ろしい銀の刃がアリナの心臓めがけ、ゆっくりと迫ってくる――

「――スキル発動〈鉄壁の守護者《シグルス・ウォール》〉！」

どこからか声が聞こえ、同時にアリナの目の前にボロボロの大盾が立ち塞がった。

「！」

その今にも壊れそうな大盾は、赤い光を一際《ひときわ》強く解き放った。ほぼ同時、アリナを狙った剣を、大盾がぎぃん！　とはじき、砕に散ったっ

今だ。

直感で、アリナは地を蹴った。大盾の破片を目くらましに、最大速度でシルハに肉薄する。

「!?」

「死ねぇぇぇぇ――――ッッ！！！」

アリナの咄嗟《とっさ》の突撃にシルハは追いつけなかった。彼の目には突如アリナが眼前に現れたように見えただろう、その驚愕《きょうがく》に硬直する顔面に、どぐん！　と渾身《こんしん》の大鎚《ウォーハンマー》を叩《たた》き込んだ。

「がはッ！」

きりもみしながらシルハが吹っ飛んでいき、その身体《からだ》は荘厳《そうごん》な四柱の一つに叩《たた》きつけられた。すさまじい振動が部屋を襲い、衝撃で柱が崩壊する。そのままシルハの影は、瓦礫《がれき》の山へと埋もれていった。

「……」

再び静かになった部屋の中、アリナはゆっくりと大鎚《ウォーハンマー》を下げ、振り向いた。その視線の先には、げほ、と苦しそうに血を吐きながら、ふらふらの状態で、それでもなんとか立ち上がろうとするジェイドの姿があった。

「……ジェイド――」

結局彼はへたり込んで、苦しそうにむせ込んだ。

その死人と言ってもおかしくない、血まみれのジェイドに、アリナはゆっくりと近づいた。今なお広がる血だまりの中に膝をつき、おそるおそる、彼の頬に手を添える。

温かかった。

その顔は、真っ青でありながらも、死体のように冷たく凍りついてはいなかった。

「い……きてたの……？」

「――寝てた」

「は……はあ!?」

思わず声を上げると、ジェイドがようやく顔を上げた。顔半分は流れる血で染まり、見える地肌も血の気が引けて真っ青なのに、その鈍色の瞳だけはいつも通り何の根拠もない自信に輝いていた。彼はアリナに向かってにやりと笑ってみせた。

「聞こえたからな。アリナさんが大鎚《ウォーハンマー》振り回してる物騒な音が」

ちらりと血まみれの大鎚《ウォーハンマー》に視線をやる。一層から四層まで、アリナが遭遇した魔物を片っ端から殴り倒してきた証《あかし》である。

「それ聞いちゃったらさ……こんなとこで死ぬわけにいかねえだろ。俺、アリナさんともう一度ダンジョンに行きたいし。だからアリナさんが来るまでは何が何でも持ちこたえたくて、死んだふりして寝ながら自己回復してた」

「……」

開いた口が塞がらなかった。

あきれて何の言葉も出てこなかった。

あと一発でも食らえば死にそうなその窮地の中で、救助が間に合うことを信じて寝るなど、どこまで図太いんだ、この男は。

「ほらな、言ったろアリナさん。俺はしぶといからそうそう死なないって」

そう言ってケラケラ笑ったジェイドは、しかし次の瞬間、ぎょっと目を見開いた。

「あ、あ、あ、アリナさん……!?」

気づいたらアリナの瞳から、ぽろぽろと大粒の涙が流れ落ちていたのだ。

「な、なな、ななな泣い」

「うっさい死ね！」

「ぐほあ！」

ジェイドのみぞおちに拳を叩《たた》き込み、アリナは顔を背けた。

「おおおおっ」

クリティカルヒットだったらしく床でジェイドがピクピク震えているが、それくらい当然の報いだ。死んだふりなどしやがって。

「……っ」

悔しいやら、恥ずかしいやらで、アリナは唇を引き結んで顔を背け、手の甲で強引に涙をぬぐった。安堵《あんど》した瞬間に、堰《せき》を切ったように流れ出る涙は意思とは正反対になかなか止まらず、ずずっと音を立てて鼻をすする。

泣いたのなんて久しぶりだ。受付嬢一年目の時、自分の過失ではないのに怒鳴られるほど叱られて、社会の理不尽さにトイレの中で一人涙した以来である。

「ごっ、ごめんっ、アリナさん、心配してくれたんだな……」

「うるさいっ。こっち見んなっ。そもそもその傷でなんで生きてるわけ？　あんたの生命力どうなってるの？　このゴキブリクソ白銀野郎……！」

「ゴキ……」

「あーもう、来るんじゃなかった。仕事まだ残ってるのに。これじゃ明日も残業——」

ぐちぐちとぼやくアリナの言葉は途中で途切れた。

ふいに腕をとられたかと思うと、ジェイドに無言のまま抱き寄せられたからだ。

「ちょ……⁉」

反射で振りほどこうとするが、ジェイドの力は怪我人《けがにん》のくせ思った以上に強い。

「ちょっと！」

抗議してもジェイドは無言を返すばかりで、アリナを離そうとしなかった。まるでアリナの存在を全身で確かめるかのように、苦しいほど強く抱きしめてくる。その腕の中で、アリナはふと気づいた。彼の体は、これまで図太く死の淵《ふち》をかいくぐってきた男とは思えないほど、小さく震えていたのだ。

「……あー、アリナさんだ」

むりやりひねり出したような、奇妙な明るい声がアリナの頭に降ってくる。

「アリナさんだ……」

その声を聞いて、アリナは口をつぐみ、動きを止めた。

アリナを包むジェイドの腕は温かく、生命の熱を感じるものだった。突然シュラウドの死を告げられたあの時のような、残酷で冷たい気配はどこにもない。

「……」

仕方ないなと、アリナは全身の力を抜いた。しばらくジェイドの腕の中に身を預け、静かに目を閉じた。彼のわずかばかりの温《ぬく》もりをぼんやりと感じながら、ふうと小さく息を吐き出して——

次の瞬間、アリナはジェイドを蹴っ飛ばした。

「おおおおっ」

すっ転んで再びのたうち回るジェイドを冷たく見下ろし、アリナは顔をしかめて吐き捨てた。

「制服が汚れるからその血まみれの体で張り付かないでくれる。私明日も仕事なんだけど」

「ひどっ」

「あんたはこれでも飲んでなさいよ」

そう言ってジェイドに放り投げたのは、半透明の液体が入った小さな小瓶だ。

「……ポーション？　なんで受付嬢《アリナさん》が持ってるんだ……？」

「私の残業のお供よ。買いだめしたやつの最後の一個。さっきまで残業してたからちょっと飲んじゃったけど……あとで十万倍くらいにして返してもらうから。覚えといてよね」

中身が半分ほど減っている小瓶を見て、たちまちジェイドはくわっと目を見開いた。

「アリナさんと間接キスだとッッ!?!?」

「叩《たた》き割るわよ」

「ありがたくちょうだいします」

血でむせ込みながらもむりやりポーションを流し込むジェイドをちらりと見てから、アリナは油断なく薄闇の奥へと視線を移した。

シルハを下敷きにしたはずの瓦礫《がれき》の山が、もぞもぞと動いていた。やがて、ずずん、と瓦礫《がれき》が崩れ、下からシルハが何事もなかったように現れる。

「ははははは……」

こめかみから血を流し、乾いた笑い声を上げるシルハは、しかし先ほどのおどけるような雰囲気を一変させていた。見開いた目は血走り、それはぬらりとアリナに向けられた。

「よもやこの私を吹き飛ばすとは。やるじゃないか。鎚《つち》使いの娘よ」

魔神から発するその異様な殺気に、アリナは大鎚《ウオーハンマー》を構えた。かまわず、シルハは一歩一歩近づいてくる。

「そこの男も、あれだけの猛攻を耐え抜くとはな——見事。実に楽しませてくれる」

歩み寄るうちにシルハの身体《からだ》が光を帯び、傷がみるみる修復していく。最後にはこめかみから流れ落ちる血すら消えたのを見て、アリナは眉をひそめた。

「傷が治ってる……？」

「あいつに奪われたルルリのスキル効果だ。発動し続けている間は、どんな負傷も治癒する」

「なにそれ、反則でしょ⁉」

「反則？　違うな。私がただ、〝全能〟というだけだ」

シルハが残忍ににまりと口《くち》の端《はっ》を吊り上げた。

「少々本気を出そうか」

同時、そのみぞおちで不気味に光る黒い石に、スキルの光線のようなものが迸《ほとばし》る。

「唱《とな》え、〈巨神の暴槍《ディア・ストゥム》〉！」

再び出現した銀の槍《やり》を掴《つか》み、シルハが猛然と迫る。回避は間に合わない――そう悟ったアリナは、咄嗟《とっさ》に間合いへと一歩踏み込んだ。突き出された銀槍の先端へ、大鎚《ウォーハンマー》を叩《たた》きつける。

がぎん！　と大鎚《ウォーハンマー》と銀槍が正面からぶつかりあった。衝撃波が一息に室内を駆け抜け、互いに拮抗《きっこう》する力が、斬り結ぶ二つの武器を震わせる。

「く……！」

アリナはそれ以上振り抜けなかった。まるで大きな壁がそこに隔たっているかのように、どれだけ力を込めてもそれ以上押し込めない。それどころか、徐々に踏ん張る足が押されていく。

「ははは！　どうした小娘、先程の威勢は！　唱《とな》え、〈巨神の裁剣《ディア・ジャッジ》〉！」

たちまちアリナの背後の空間に魔法陣が展開し、生み出された四本の剣が、がら空きの背中へと襲いかかる。

「……ッ！」

「アリナさん！　下にかわせ！」

瞬間、アリナは大鎚《ウオーハンマー》を消し、突き出された槍《やり》の下へと滑り込んだ。猛烈な刺突をかすめ、背後から迫る剣をかわし、

「……っ〈巨神の破鎚《ディア・ブレイク》〉！」

再び大鎚《ウオーハンマー》を出現させて反撃に転じた。床を蹴り上げ、激しい突きの勢いで一瞬生まれる敵の硬直時間に、アリナは狙いを定めた。

「はああッ！」

アリナの大鎚《ウオーハンマー》がシルハの顔面に直撃する。ぐぼん、と鈍い音が響いて、確かにその一撃は魔神の身体《からだ》に叩《たた》き込まれた。

「やったのか⁉」

もうもうと舞い上がる埃《ほこり》が視界を覆う。確かに殴打《おうだ》の感触があった。これまで全ての敵をほぼ一撃で倒してきた強烈な打撃の前に、さすがの魔神もタダではすまないはずだ。

──ぞわり、と背筋に悪寒《おかん》が走った。

「……ッ！」

瞬間、アリナは根拠もなく後ろに飛んだ。ほぼ同時、灰色のベールの向こうから、すさまじい一閃《いっせん》が埃《ほこり》を切り裂き襲いかかった。

一瞬でも判断が遅ければ、今頃胴体から真っ二つになっていたであろう。

その一撃を、アリナはすんでで回避した。しかしそこから吹き荒れる風圧に体勢を崩し、吹

き飛ばされるように床を転がる。視界がめちゃくちゃに乱れ、どんと背中を壁にぶつけてようやく止まった。顔を上げるとずいぶん遠くまで吹っ飛んでいた。

「……」

ぴりっと目の下にわずかな痛み。続いて生暖かい液体が頬を伝う感触。前後を挟まれながらその程度の負傷ですんだのはほぼ奇跡だろう。

「大丈夫かアリナさん……っ」

ジェイドが足を引きずりながらアリナのもとへ歩み寄った。自分の方がよほど重傷だというのに、アリナの顔に走る一筋の赤い線を見て、彼の顔は苦しげに歪《ゆが》んだ。

「――いい一撃だ小娘。だが、少々相手が悪かったな」

静かな声が響き、アリナは自分の直感が正しかったことを確信した。思わず臍《ほぞ》を噬《か》みながら睨《にら》んだ視線の先。埃《ほこり》が舞い下りたそこには、無傷で立っている魔神がいたのだ。

「む……無傷⁉」

ジェイドが驚愕《きょうがく》の声を上げる。

「その程度の力では、私の身体《からだ》を壊すことなど到底叶《かな》わぬ」

アリナはじっと魔神と視線を交わしながら、半身を起こした。

薄々感じてはいたが、シルハの言う通りだった。どれだけ殴っても、これまで魔物を仕留めてきた時のような手応えがない。魔神の身体《からだ》は、経験したことのない頑強さだった。

「だが、どうやら私を生み出した〝奴ら〟と、同程度くらいの力は持っているようだな」

にまにまと不気味に笑いながら、シルハは無造作に槍《やり》でアリナを指し示して言った。魔神を生み出した〝奴ら〟……遺物《レリック》として魔神を造り、神の印《ディア》を刻んだ先人たちのことだ。

「なればこそ、貴様が私に勝てる道理はない」

「……どういうこと」

「くく。今日は機嫌がいい。特別に教えてやろう。どうせ貴様らは死にゆく運命なのだ」

シルハは上機嫌に笑うと、左腕を高らかに広げ、愉悦に顔を歪《ゆが》めて言った。

「奴らは、あの愚かな人間共は……この魔神の手によって、一人残らず食い尽くされたからだ」

「……は……？」

隣でジェイドが、愕然《がくぜん》と声を漏らした。

「……ま……待てよ……じゃあ……先人を滅ぼしたのは……魔神!?」

「そう驚くことでもあるまい。弱き者が強き者に淘汰《とうた》されるのは当然のこと」

シルハのこめかみでは、先人が刻みつけた遺物《レリック》の証《あかし》、神の印《ディア》が今でも淡々と光っている。もちろん滅ぼされるとわかっていれば、先人たちはこんな遺物《レリック》は造らなかっただろう。

しかし彼らの秀《ひい》でた技術と貪欲なまでの探究心が、この意思をもった超越的な遺物《レリック》――〝魔神〟を造り出し、そして自らの手で、破滅へと導いてしまったのだ。

「……だがまあ、奴らのなんと骨のないことか。奴らの力では、この魔神の身体《からだ》に傷一つ負わせられなかった」

「な……!?」

絶望的な事実を、魔神は事もなげに言ってのけた。

先人たちの力。すなわち神域《ディア》スキルが、魔神には一つも効かなかったと。

「……ディ……神域《ディア》スキルも……通じない……だと――」

ハッタリや嘘《うそ》などではないことは、アリナ自身がよくわかっていた。神域《ディア》スキルである〈巨神の破鎚《ディア・ブレイク》〉の打撃を、あのむき出しの身体《からだ》に食らっておきながら平然としているのだ。

何より、神域《ディア》スキルを持ったとされる先人たちが一夜にして滅んでいることが、どの言葉より魔神の圧倒的な力を証明していた。

「これでわかっただろう。奴らと同程度の力しか持たぬ貴様では、私を倒せぬと」

「………」

重い、沈黙がのしかかった。

こちらの持てる攻撃が全て通用しない。それればかりか一撃でも魔神の攻撃を食らおうものなら即死は免《まぬが》れず、回復も防御も手段はない。対して魔神は、複数の神域《ディア》スキルを同時に操り、疲労も知らず無限に戦い続ける――

勝てない。

小さな声で、ジェイドがそう言った気がした。

それは彼が、あまりの強敵に絶望したからではない。むしろ盾役《タンク》として冷静な思考を持ち、勝利よりも仲間の生存を優先する役割だからこそ、この現実を受け入れることができたのだ。

目の前に立ち塞がる圧倒的な存在に、勝つ手段が一つもないことを。

「――……アリナさん……もう俺には盾が、〈鉄壁の守護者《シグルス・ウオール》〉で硬化させるものがない」

ぼそり、とジェイドはアリナに小さく告げた。

「かといってその辺の瓦礫《がれき》じゃ、あの槍《やり》相手に盾代わりにもならない」

「……だからなによ」

「最後は俺自身が盾になる。それで、さっきみたいに不意を打って……隙をついて逃げろ」

「……」

アリナは肯定も否定もせず、押し黙り、ジェイドから目をそらした。

ややあって、ぽつりと口を開く。

「やだ」

「他に策がないんだ……！　アリナさん、俺は盾役《タンク》だ。最後まで守らせてくれ」

「やだ」

「でも……！」

「やだッ‼」

アリナは頬の血を拭い、立ち上がった。

「……あんたが、盾役《タンク》だって言うならね……」

低くつぶやき、懲りずにもう一度大鎚《ウォーハンマー》を構える。柄をしっかと握りしめ、無敵の魔神を睨《にら》み据えて――地を蹴りシルハに肉薄した。

「……受付嬢《わたし》にだって、譲れないものがある！」

「む……無駄だアリナさん！　もう挑むな！」

ジェイドの制止も振り切り、亜高速の威力を乗せた大鎚《ウォーハンマー》は、空を唸《うな》らせながら迎え撃つシルハの槍《やり》と激突した。

「は！　何度やろうと同じことだ。貴様の力では、私は破れない！」

やはり拮抗《きっこう》する力は、それ以上押しきることも引くこともできず、ギチギチと不快な音を立てるばかりだった。それでも、アリナは力を込め続けた。

「私は、いつか絶対、理想の平穏な毎日を送ってみせる……それだけは絶対に譲れない……！

安全で安定の受付嬢で！　ぬくぬく仕事して！　毎日定時で帰って！　それから……!!」

それから。アリナは歯を食いしばり、己の前に立ち塞がるこの脅威を、睨《にら》み付《つ》けた。

「全員、ちゃんと帰ってくる！　帰ってこれないのなら、私が意地でも連れ帰る……！」

めり、と妙な音が響いたのは、その時だ。

「む……？」

シルハの足が押され始めた。

同時に銀の大鎚《ウォーハンマー》から抑えきれない憤怒《ふんぬ》の念のようなものが立ち上る。その怒気だけで大気が歪《ゆが》み、渦を巻き、暗闇の中で、アリナの翡翠《ひすい》色の瞳が、ゆらりときらめいた。

めり、めり、とシルハの銀槍から上がる不穏な音は、止まることなく——

「こんな……ところで——！」

——バギン！　と硬い音が弾《はじ》け、ついに槍《やり》がバラバラに砕け散った。

「ほう⁉」

「こんなところで、あっさり死なせるかああああ————ッ！！！」

ついに槍《やり》ごと押し切った大鎚《ウォーハンマー》の一撃は、シルハに届いた。憤怒《ふんぬ》の勢いを乗せた大鎚《ウォーハンマー》は、シルハをぶん殴り、一直線に壁まで吹っ飛ばした。

轟音《ごうおん》とともに壁に叩《たた》きつけられたシルハは、すかさず傷の修復を始めながら瓦礫《がれき》から身を起こした。視線の先、大鎚《ウォーハンマー》に破壊され吹き飛んだ槍《やり》は、その先端からみるみる白い光に分解され虚空《こくう》へ溶け消えていく。

その槍《やり》を見て、しかし魔神は、まだ不敵に低い笑いを漏らした。

「面白い……どこまでも面白い小娘だ！　唱《とな》え〈巨神の裁剣《ディア・ジャッジ》〉！」

たちまちアリナの周囲を無数の魔法陣が取り囲んだ。

それらは魔法陣同士が重なるほどの密度で展開され、その発光で室内は煌々《こうこう》と輝いた。間髪入れず、魔法陣から吐き出された大量の剣たちが、アリナを仕留めんと切っ先を向ける。

「……！」

「ははは！　もはやどこにも逃げ場はない！　この千の剣は、どこまでも獲物を追い続ける！　その心臓を貫き私に魂を献上するまでな！」

――圧巻。

百を優に超える剣たちが、ただ一人の人間を刺し殺すためにを空を埋めるその光景は、圧巻の一言に尽きた。銀の剣は一周するだけで配置しきれず、二周、三周とアリナの上空を取り囲む。

「なんて……数だよ……！　くそ……ッ！」

〈巨神の裁剣《ディア・ジヤッジ》〉の恐ろしさを誰よりも知るジェイドが、動かない片足を引きずり血の跡をつくりながら、必死にアリナのもとへと向かおうとした。度重なるスキル使用の疲労により、もはや〈終焉の血塗者《シグルス・ブラッド》〉で標的を自分に変えることができない。それどころか、満足に動かない体では肉壁となることさえできない――そのもどかしさに、ジェイドは声を張り上げた。

「もういい……もういい！　アリナッ！　俺の後ろに来い！　俺の命を使えッ！」

「だから、そういうの、やだって言ってる！」

アリナは頑としてその場から動かなかった。回避も、無駄だと知っていた。代わりに深く腰を沈め、大鎚《ウォーハンマー》を逆手に持ち替えて、ただ静かに、おびただしい数の剣を見据えて構えた。

「私は絶対生きて帰る。そこのクソ馬鹿アホストーカーゴキブリ白銀野郎も、ルルリも、ロウも……誰一人、ダンジョン《こんなところ》で死なせないッ！」

シュラウドの横顔が脳裏をよぎる。

彼から学んだもの。思い知った痛み。諦めた無謀な夢。

あの日からアリナの考え方は変わった。堅実に生きようと思った。その決定に後悔はない。

今更覆《くつがえ》そうとも思わない。それが正しいかどうかなんて、アリナにはわからない――でも、
ただ一つ言えることは。

シュラウドが死んだ時のような痛みは、もう二度と味わいたくないということだ。

それこそが、アリナが何より求めた〝平穏〟なのだから。

「は、逃げぬとはいい覚悟だ小娘。だが、貴様はこれで死ぬ！　斬り刻め剣たちよ！」

号令のもと、凄《すさ》まじい剣の雨が、轟音《ごうおん》とともに降り注いだ。

「アリナ……――ッ！」

ジェイドの叫びも、無数の刃の唸《うな》りにかき消される。肉片一つ残されないような鈍色の嵐を、
しかしアリナは真正面から睨《にら》みつけ、握る柄に力を込めた。

二年前に突如発芽したこの力は、今までどんな理不尽も殴ってきた。理想の平穏への道を阻
害する奴は、魔物だろうとギルドマスターだろうと力でねじ伏せてきた。

だから、今回だってできるはずだ。今回だけできないなんてこと、ないはずだ。

「私の〝平穏〟を邪魔する奴は……誰であろうとぶっ飛ばす‼」

アリナは大鎚《ウォーハンマー》を右から左へ、薙《な》ぎ払《はら》った。

ブォン！　と鈍く低い音が唸《うな》り、暴風が部屋中に吹き荒れた。その荒々しい大鎚《ウォーハンマー》の一振りは猛然と降り注ぐ目前の剣を砕き割り、風圧が背後に迫る剣をも吹き飛ばした。次々襲いかかる千の剣たちは、一本残らず大鎚《ウォーハンマー》の息吹《いぶき》に四散され――

「な……」

暴風の鳴り止《や》んだあとには、ただ静かにたたずむアリナだけが残っていた。

「風圧だけで、私の術を跳ね返した……？」

怪訝なシルハの声を聞きながら、はっとジェイドが息を呑んだ。アリナの大鎚《ウォーハンマー》に、見たこともない変化が起きていたのだ。銀色の装飾が施されていた大鎚《ウォーハンマー》が、みるみる黄金の粒子を纏《まと》い、移り変わっていく。それはひときわ強く、室内を光で満たすほどに燦然《さんぜん》と輝いた。

「な……なんだ……あのスキルの光は――」

「ずいぶんと……器用なマネをしてくれるじゃないか……！　唱《とな》え、〈巨神の妬鏡《ディア・ドレイン》〉！」

シルハの声に応じ、銀の装飾が施された丸鏡が虚空《こくう》から出現した。映し出した者の力を根こそぎ奪うその鏡は、キラリと鏡面を反射させるとゆっくりアリナの姿を映し出す。

「！　その鏡に映るなッ！」

ジェイドが声を上げた時には遅かった。すでにアリナの全身が鏡に映し出され、〈巨神の破鎚《ディア・ブレイク》〉を奪おうと鏡面が強く発光した。

「くははは！　大層な力じゃないか小娘よ！　この魔神が奪うに相応《ふさわ》しい！」

……みぢ。

しかし奇妙な音を立てたのは、鏡の方だった。

アリナを映した鏡はたちまち弱々しく光を散らし、ビキ、ビキ、と不快な音を立てながら鏡面がひび割れていく。やがてパリン！　と大きな音を立て、鏡が砕け散った。

「な――」

槍《やり》に引き続き鏡までも白く霧散していく様を見て、今度こそ呆然《ぼうぜん》としたのはシルハだ。

「魔神の鏡が……壊れた⁉」

ジェイドもまた、アリナの前になすすべなく散っていった鏡を見て、驚愕《きょうがく》していた。それはアリナがグレンの超域《シグルス》スキル、〈時の観測者《シグルス・クロノス》〉を破った原理と同じだったからだ。

すなわち、より上位格の力が、下位の力を蹂躙《じゅうりん》するもの。

「馬鹿な……⁉」

シルハの顔に初めて焦《あせ》りの色が見えた。一歩、二歩、警戒するように足を引く。ついには地を蹴り上げ、後ろへと大きく飛び退《しさ》った。

「と……唱《とな》え！　〈巨神《ディア》の〉――」

「遅い」

しかしその背後にはすでに、アリナが回り込んでいる。

気配の感知すら間に合わないその速度に、シルハはぎょっと目を見開いた。

「なっ……先程よりも格段に速いだと――ッ!?」

ばしゅん、と奇妙な音が響いた。

アリナが、その不可思議な輝きを放つ〈大鎚《ウォーハンマー》〉を、魔神の腕に叩《たた》き込んだのだ。金の粒子をまき散らす打撃は、そのあまりの威力に魔神の肩から先をまるごと吹き飛ばしていた。

「ぐ……ぐあああああッ!!」

肩から先をなくし、大量の血を噴き出しながら、魔神は地へと落下した。

「……お……おのれエエ……ッ！　よくも私の腕を――ッ、唱《とな》え、〈巨神の暴槍《ディア・ストウム》〉！」

シルハはすぐに起き上がるや、激しい恨みに目を血走らせ、残された片腕で上空のアリナに大槍を投げ放つ。矢のように迫る大槍は、しかしふわりとアリナに身をひねって躱《かわ》され、むなしく空を通り過ぎるだけだった。

「ば……馬鹿な……っ！」

ふうふうと荒い息を繰り返しながら、シルハは恐れるものでも見るかのように、難なく着地したアリナを見た。次いでその視線は、右腕を欠損した己の身体《からだ》へと向く。魔神の表情はみるみる恐怖のそれへと変貌していき、顔が青ざめていった。

「この身体《からだ》が壊れるなど……！」

「――私の、〝平穏〟な日々にね、」

びくん、と魔神が肩をはね上げた。慌てて視線を戻す魔神に、アリナは一歩近づいた。

「〝誰かが帰ってこない〟なんてことは、もう起こらない。私が許さない」

くるりと大鎚《ウォーハンマー》をひっくり返す。平たい殴打面《おうだ》とは違う、確実に獲物を破砕するための鋭く尖《とが》ったつるはし状だ。それを見て、シルハの表情が引き攣《ひつ》った。

「……あ……ありえない……全能たる魔神を超えるなど――」

アリナが力を込めるたび、大鎚《ウォーハンマー》にいくつもの黄金の光が迸《ほとばし》り、わずかな影すら強い光で吹き散らした。その幻想的な光景の中、アリナは可愛《かわい》らしい受付嬢のスカートをはためかせ、しかしごく一般的な受付嬢のイメージとは到底かけ離れた構えを――腰だめに巨大な大鎚《ウォーハンマー》を振りかぶる物騒な構えをとって、さらに力を溜《た》めた。

「だから……私の……！　〝平穏〟の！　ために！」

「ありえないッ！　魔神を超えるなど　ありえた――――！」

「死ねええええええええええ――――――ツッ！！！」

硬い床を容易《たやす》く砕く強烈な蹴り上げとともに、アリナは魔神へ飛びかかり、ありったけの力を込めて大鎚《ウォーハンマー》を叩《たた》き込んだ。

「ぐぼアッツ！」

光の尾を引き繰り出された大鎚《ウォーハンマー》の一撃は、その鋭い先端を強靱《きょうじん》な魔神の肉体に突き刺した。肉をえぐり、骨を砕き、背中までぶち抜いて、魔神はどす黒い血をまき散らした。

37

大鎚《ウォーハンマー》に貫かれ倒れ伏したシルハは、ついにそれ以上、起き上がる気配はなかった。

いや、正確には、起き上がろうにも再起不能だった。何しろ上半身に巨大な穴を開け、周りに致死量の血をぶちまけながら、本来そこにあるはずの心臓も全て欠損させているのだ。

「……先人すら敵《かな》わなかった……魔神の身体《からだ》を打ち破った……」

静まりかえった空間の中、ぼそりと、ジェイドの声が沈黙を打ち破った。

「案外なんとかなったわね」

さきほどの強い光をすっかり収束させ、いつも通りの銀の大鎚《ウォーハンマー》へと戻ったそれを肩に担《かつ》ぎ、アリナはふうと息を吐き出した。

「普通はなんとかならないんだよ……普通は……」

ジェイドの半ば呆《あき》れが入り交じる声は無視して、アリナの視線はシルハに向いた。

「……お……おのれ、人間風情《ふぜい》が……！」

大鎚《ウォーハンマー》で胸を貫かれたシルハの身体《からだ》は、傷を治癒する光もすでにない。身体《からだ》に穴を開け、もはや生物としては歪《いびつ》な様でありながら彼はまだ口を動かした。

「魔神は……何よりも強い……全能でなければ……生まれ落ちた価値などない……！」

しかしその四肢もさすがに動かないようで、ひねり出す声もヒューヒューと空気が混ざって苦しそうだ。シルハはそれでも恨めしそうにアリナを睨《にら》みつけていた。

「そう。それは残念だったわね。私の残業の邪魔さえしなければ生きていられたものを」

「……アリナさんそれ思いっきり悪役の台詞《せりふ》だぞ」

「認めぬ……！」

ざっとシルハは諦め悪く、這《は》い上《あ》がろうと地に爪を立てた。しかしその動作だけで彼の身体《からだ》は悲鳴を上げ、激しく吐血する。腕は震え、身体《からだ》を起こす力さえ彼には残っていなかった。

「認めぬ……認めぬ……！　敗北など……！　貴様は必ず喰《く》ってやる……！」

「往生際《おうじょうぎわ》が悪いわね。あんたはここで終わりなの」

身も蓋もなく切って捨てるが、逆に魔神は、低い笑い声を漏らした。

「終わる……？　くく……ははは……なにが終わったというのだ……？」

「……？」

負け惜しみと言うには不穏の強い空気に、アリナは眉をひそめた。魔神は血にぬれた口をにやりと吊《つ》り上げると、とんでもないことを言い放った。

「魔神が……この世に私一人だけだとでも、思ったのか」

「は……はあああ!?」

その言葉は、アリナにとってはほとんど嫌がらせに近かった。こんな倒すのに苦労するような存在が、まだ他にいるなんてたまったものではない。アリナのそのありありと嫌悪《けんお》する表情を愉《たの》しむように、魔神は目を見開き、大口を開けて笑った。

「魔神を超越する存在など……決して認めぬ……！　この世にあってはならない……！　く く……はははははッ！　必ず手に入れてやるぞ、その力……我らが〝魔神〟が！　第二、第三の魔神が必ずやこの」

「うっさい！」

「ぐはぁっ！」

言葉半ばだが、シルハの嘲笑を遮ってアリナは大鎚《ウォーハンマー》を彼の腹に打ち下ろした。シルハのみぞおち――そこに埋め込まれた禍々《まがまが》しく黒光りする石ごと、容赦なく渾身《こんしん》の大鎚《ウォーハンマー》がめり込む。

ばぎん！　と石から硬い音があがった瞬間、シルハが白目をむいた。がくりと頭が力なく倒れ、四肢を投げ出し、その全身が白い光とともに霧散していく。

「………………………………………………………あの」

さらさらと消えていく白い光を眺めながら、やっと死んだわ、とつぶやくアリナに、後ろからジェイドがおずおず声をかけた。

「……まだ……何か言ってた気がするんだけど……魔神……」

「敗者は黙ってさっさと死ねばいいのよ」

「鬼かよ……！」

ぶるりと肩をふるわせたジェイドは、儚《はかな》く消えていった魔神の跡に転がる、ひび割れた黒い石を拾い上げた。黒石は不気味な気配をなくし、すっかり沈黙している。スキルの光もなく、代わりに薄透明の石の中には、ぼんやりと小さな太陽の魔法陣が見えた。

「神の印《ディア》……遺物《レリック》だな。これが魔神の心臓か」

はあ、とジェイドは力が抜けたようにその場に座り込み、脱力して天をあおいだ。

「しかし、魔神か……またやっかいなものが出てきたもんだな」

アリナも大鎚《ウォーハンマー》をかき消して制服をはたきながら、ふんと鼻をならす。

「言っとくけど、今回は一時的な協力関係にあったから来ただけで、今後に関しては私一切関係ないからね。──魔神が最後になんかほざいてたのは聞かなかったことにする」

「絶対そう言うと思った」

「なによ、なんか文句あんの……？　こちとら残業返上で来てんのよ。今日頑張れば明日は定時帰りだったのに、おかげで明日も残業なんだからね‼」

「わわわわかってるって、ごめんって……！」

目を吊《つ》り上げてにじり寄るアリナに慌てて謝りながら、でも、とジェイドは言葉を続けた。

「アリナさんのおかげで誰も死なずに済んだ。ありがとうな」

「……」

にっと笑うジェイドから、アリナは唇をひん曲げて目を背けた。今ここに転がっているのが、彼の冷たくなった死体じゃなくてよかったと――アリナもそう思っていたからだ。

あいつと同じことを考えていたなんて、認めたくないが。

その時、にわかに部屋の入り口が騒がしくなった。同時に「ジェイド！」とルルリの声がとんでくる。

見るとロウとルルリが部屋の中に飛び込んで来るところだった。ルルリはこちらの無事を認めるや、もう散々泣き腫らした目から再び涙をぼろぼろ流して、アリナに飛びついた。

「あっ、ありがとう、ありがとうなのですアリナさん……っ！　うあ、うあああああん!!」

ロウも「この馬鹿リーダー！」と罵りながらジェイドの肩に腕を回し、嬉《うれ》しいような、叱りつけたいようなそんな複雑な顔で笑っている。受けるジェイドは、ばつが悪そうに頬《ほお》をかいた。

「……」

互いの無事を確認し喜び合う冒険者たちを見ながら、アリナは思わず表情を緩めた。

その光景が、アリナには少しだけ羨ましかったのだ。

彼らの姿が一瞬シュラウドのパーティーに重なる。ほんの一つの選択、一瞬の判断次第で、きっと彼らにだって、こうなる未来があったはずなのだ。

（まあでも――）

目の前で起こりかけた悲劇を防げただけ、よしとしよう。アリナはそう思った。明日の定時帰りを踏み倒して来ただけの価値は、きっとあるはずなのだから――

38

息をぶつけた。

真夜中の静まりかえったイフール・カウンター。その事務所で、アリナは広げた新聞にため

「……盛って書きすぎなんだけど……」

〝白亜の塔攻略　特別号〟と題された新聞には、数日前に攻略を終えた白亜の塔での一部始終が、大袈裟《おおげさ》な美談となって書かれていたのだ。ギルドマスターもこの事件には直々に声明を発表し、「処刑人には惜しみない賛辞と栄誉を与えたい」とか白々しくのたまっている。

そんなもんいらんから早く残業をなくしてほしい。

ギルドマスター、グレンとの約束――イフール・カウンターに所属する受付嬢を増やし、アリナの残業をなくすという約束は、時間がかかると言ってまだ実行されていない。約束のその日を待ち望みながら、アリナは今日も結局残業である。

「はぁ……もう帰りたいなぁ……疲れたよさすがにさぁ……」

つぶやきながらいつもの癖で引き出しの中をさぐる。人間をむりやり元気にさせる魔のドリンク、ポーションを探したが手応えがない。そういえば最後の一本は奴にあげていたんだった。

「……まあ、処刑人の正体がバレなかっただけ、良しとするか……」

ぐで、とアリナは机に突っ伏した。

実際アリナは覚悟を決めていた――処刑人の正体を知ったギルド本部の警備たちによって、事実が世間に知れ渡り、もう二度と受付嬢の制服に袖を通せなくなるだろうことを。

しかし蓋を開けてみれば、拍子抜けするほどいつも通りの日常が広がっていた。こうして残業して疲れ果てるところまで、全くもっていつも通りだ。あの警備たちについては、グレンからたった一言「口止めをしておいた」とだけ告げられた。組織の闇でも垣間《かいま》見《み》えてしまいそうだったので深くは追及しなかったが、おかげでアリナの正体はまだばれていない。

「あーあ、いつまで続くのかなあこの残業。ボスも倒せない有象無象共のせいでさ……」

おなじみの愚痴を吐き捨てて顔をしかめる。

白亜の塔が攻略された後、その周囲に次々新ダンジョンが発見されたのだ。もちろん《白銀の剣》は白亜の塔での負傷が大きくさすがに休止状態で、代わりに多くの〝腕自慢〟の冒険者たちが新ダンジョン攻略にあたっているが、案の定どのダンジョンも攻略に行き詰まっている。

せっかく白亜の塔を攻略したというのに、結局アリナはまたも残業に追われるのだった。

「早く倒してよぉ……ボスくらいさぁぁぁ……」

嘆きながら、しかしふと、アリナは思った。

（……まあでも、冒険者《あいつら》も、結構頑張ってるのよね）

彼らは成果を求め、危険を承知でダンジョンに向かう。そんなリスクだらけの仕事をするのは、やっぱり馬鹿だと思う。自分はごめんだ。ごめんだが。

「……」

アリナはふと、先日の白亜の塔でのことを思い出していた。互いの無事を確認し心から喜び合う白銀たちの姿を見て、何の脈絡もなく悟ったのだ。

ああそうか、これが冒険者《かれら》の選んだ仕事なのだ、と。

アリナが残業をしてでも受付嬢であり続けるように、彼らはどんな危険な目に遭っても、冒険者であり続ける。なぜなら自分で選んだ道だからだ。結局のところ、受付嬢も冒険者も譲りたくないもののために何かをリスクにさらして働いているのだ。どちらも馬鹿馬鹿しくて、どちらも崇高で、一生懸命働いているという点においては、どちらも同じなのである。

――あいつらも頑張ってるし、私ももう少し、残業頑張ってやってもいいかもしれない。

ふと、アリナはそう思った。とはいえ残業が害悪なのは事実だし、まあ大人しく残業してやるのもほんのちょっとだけ。三分くらいだけだけど――

「アリナさん！」

その時、今ここで聞こえるはずがない、聞きたくもない声がとんできて、たちまちアリナの表情が険しく歪《ゆが》んだ。

声のした方――もう閉まっているはずの窓口に向かうと、暗いロビーの中に一人の侵入者の姿があった。ジェイド・スクレイドだ。

「……」

施錠《せじょう》されているイフール・カウンターにどうやって入ったのかとか、もうこの男に関しては聞くのも面倒である。代わりにアリナは思いきり眉間に皺《しわ》を寄せて、低い声を絞り出した。

「私、残業中、なんですけど……？」

「知ってるぞ、だから来たんだ」

無意味に得意げに、ジェイドはふふんと鼻をならした。とはいえ彼の姿は痛々しいものだ。いつもの防具も武器も身につけておらず、前を開けっぴろげた薄着からは包帯だらけの上半身がのぞいている。それは両腕も同様で、左手などは腕つりまでされている有様《ありさま》だ。片足がまともに動かないのか杖《つえ》をついていて、それでやっと歩けているようである。

格好こそひどい怪我人《けがにん》のそれだったが、アリナを見たジェイドの顔は元気いっぱいに輝いた。

「アリナさんが今日残業なのは、半分俺のせいだからな。俺も残業手伝おうと思ってな！」

「いい」

「……」

「ていうかあんたはなんでそんなピンピンしてるわけ？　ルルリの力でもしばらくは治らないんじゃなかったの」

魔神シルハに奪われたルルリのスキルは、鏡が壊れたことでもとに戻っていたようだった。

しかしジェイドの受けた傷は深く、即効的な治癒は効果なし、冒険者活動を控え自宅療養、全治三ヶ月と診断を受けた――とアリナは聞いたのだが。

「体はボロボロだけど元気はあるぞ。だから俺暇でさ」

「……そのエネルギーは一体どこから沸いてくるのよ……」

ジェイドの容態を聞いた時、アリナはふと恐ろしいことに気づいていた。優秀な回復役《ヒーラー》であるルルリの治癒光《ヒール》すら効かないほどの負傷……ということは、あの時アリナがジェイドに渡したまとめ売りの安物ポーションなど、効くはずがないのである。ましてや飲みかけで、一定の効果を受けるための必要容量も満たしていなかったのだ。

つまりこいつは、あの時ほとんど死にかけの状態でずっと動いていたというわけだ。ここまでくると奴の不死身のエネルギーには、さすがのアリナもドン引きである。

「ふっふっふ、それはな……、」

そうとも知らず、ジェイドは得意げに包帯だらけの胸をそらした。

「アリナさんの愛がつまった飲みかけのポーションのおか――」

「一回死ね！」

「へぶっ」

ついにアリナの鉄拳がジェイドの顔面をぶち抜いて、ジェイドの顔がしわくちゃに潰れる。

かまわずアリナは、ジェイドの包帯を摑《つか》み上げた。

「なんなの？　ついには私の残業中にまで押しかけてきて、何がしたいの？　死にたいの？」

「だってアリナさん自分ち戻っちゃうしさああっ」

「愛《いと》しの我が家の修復が終わったの！　戻るに決まってるでしょ！」

「俺アリナさんに看病してもらうつもりだったのに……」

「黙って寝てろ！」

吐き捨てて、アリナは盛大にため息をついた。

ああ結局何も変わってない。

家は元通りになり、処刑人の正体は隠蔽され、残業も相変わらずで、このストーカーに至ってはますます纏《まと》わりついてくるのだろう。鬱陶しい現状は何一つとして変わってないが——

「……ジェイド」

「なんだ？」

「残業手伝って」

ぼそり、とアリナはつぶやいた。

たちまち花でも飛んできそうなほどジェイドの表情が輝いて、アリナは逆に顔をしかめた。

しかし背に腹は代えられない。早く帰って寝るためには、猫の手でも借りたいのだ。

「はぁ、明日も残業かなぁこれ」

愚痴りながらも、アリナは思った。

現状は何も変わっていないが——なんだか少しだけ、明日も頑張れそうである。

終

あとがき

そうだ、残業も何もかもを、物理で殴り倒すような女の子を書こう――

深夜の職場で夜食のコンビニおにぎりをもそもそ食べながら、疲れた脳みそでふとそんなことを思いついたあの日。それが、本作を書くきっかけでした。

以降残業やら休日出勤やらの合間を縫って、一年くらいかけてちまちま書き上げることとなるのですが、まさかこの作品が、第27回電撃小説大賞にて金賞をいただけるとは夢にも思っていませんでした。

初めまして。香坂マトと申します。

突然ですが、私は生きるのがへたくそです。より辛《づら》い方向に自ら突き進み、「あ、コレ辛《つら》い」と実感するまでわからない不器用なタイプの人間なのです。

本作の主人公たるアリナさんも、そんな不器用な子の一人です。ですが、不器用ながらに自分なりの答えを見つけ、時に冒険者共に毒を吐き散らし、時にボスをたこ殴りにしながら、己の信念のもとに毎日受付嬢を頑張っております。そんな彼女の姿を見て、明日もちょっぴり頑張れそう、そんなふうに思っていただけたら幸いです。

……。

……………。

なぁぁぁんてこんなきれい事を並べていますが、実際書いてるときは「うおおおおお上司《じょうし》も職場も残業につながる全てがムカつくんじゃもう全部（作中で）はっ倒してやるからなああああああああ――――ッッ!!!!」という気持ちでした。すみません。同じ気持ちの方、わかりますよ。アリナさんと一緒に叫んで鬱憤を晴らし、明日からまた頑張りましょう。たとえ明日が暗くとも、今の行動には必ず何かの学びがあり、必ず価値があるはずなのです……！

お目汚し大変失礼致しました。あとがき先に読む派で本作未読の方、こんな感じの作品ですので、ぜひお楽しみいただければと思います。

それでは最後に謝辞を。

こんな作品に可能性を見いだしてくださった編集部の皆様。お忙しい中多くの労力を割いてくださり、ポンコツな私を見捨てず助けてくれた担当編集の吉岡《よしおか》様、山口様。いつも励まし支えてくれた創作仲間たち、私にたくさんの経験をさせてくれた冷たくも優しい現代社会……なによりこの本を手に取ってくださったあなたに。心より感謝申し上げます。本当にありがとうございます！

願わくば、また次巻でお会いしましょう。

◉香坂マト著作リスト

「ギルドの受付嬢ですが、残業は嫌なのでボスをソロ討伐しようと思います」（電撃文庫）

本書に対するご意見、ご感想をお寄せください。

ファンレターあて先
〒 102-8177　東京都千代田区富士見 2-13-3
電撃文庫編集部
「香坂マト先生」係
「がおう先生」係

本書は第27回電撃小説大賞で《金賞》を受賞した『受付嬢ですが、定時で帰りたいのでボスをソロ討伐しようと思います』を改題・加筆・修正したものです。

電撃文庫

ギルドの受付嬢《うけつけじょう》ですが、残業《ざんぎょう》は嫌《いや》なのでボスをソロ討伐《とうばつ》しようと思《おも》います

香坂《こうさか》マト

2021年３月10日　初版発行
2021年５月25日　３版発行

発行者　青柳昌行
発行　株式会社KADOKAWA
〒102-8177　東京都千代田区富士見2-13-3
0570-002-301（ナビダイヤル）
装丁者　荻窪裕司（META＋MANIERA）
印刷　株式会社暁印刷
製本　株式会社ビルディング・ブックセンター

ISBN978-4-04-913688-3　C0193　Printed in Japan

電撃文庫　https://dengekibunko.jp/

電撃文庫創刊に際して

文庫は、我が国にとどまらず、世界の書籍の流れのなかで〝小さな巨人〟としての地位を築いてきた。古今東西の名著を、廉価で手に入りやすい形で提供してきたからこそ、人は文庫を自分の師として、また青春の想い出として、語りついできたのである。

その源を、文化的にはドイツのレクラム文庫に求めるにせよ、規模の上でイギリスのペンギンブックスに求めるにせよ、いま文庫は知識人の層の多様化に従って、ますますその意義を大きくしていると言ってよい。

文庫出版の意味するものは、激動の現代のみならず将来にわたって、大きくなることはあっても、小さくなることはないだろう。

「電撃文庫」は、そのように多様化した対象に応え、歴史に耐えうる作品を収録するのはもちろん、新しい世紀を迎えるにあたって、既成の枠をこえる新鮮で強烈なアイ・オープナーたりたい。

その特異さ故に、この存在は、かつて文庫がはじめて出版世界に登場したときと、同じ戸惑いを読書人に与えるかもしれない。

しかし、〈Changing Times,Changing Publishing〉時代は変わって、出版も変わる。時を重ねるなかで、精神の糧として、心の一隅を占めるものとして、次なる文化の担い手の若者たちに確かな評価を得られると信じて、ここに「電撃文庫」を出版する。

1993年6月10日
角川歴彦

電撃文庫DIGEST　3月の新刊

発売日2021年3月10日

第27回電撃大賞《大賞》受賞作

ユア・フォルマ
電索官エチカと機械仕掛けの相棒

【著】菊石まれほ　【イラスト】野崎つばた

天才捜査官エチカの新しい相棒は、ヒト型ロボットのハロルド。機械のくせに馴れ馴れしい彼に苛立つエチカ。でも捜査の相性だけは……抜群だった。最強の凸凹バディが凶悪電子犯罪に挑む、SFクライムドラマ開幕！

第27回電撃大賞《金賞》受賞作

ギルドの受付嬢ですが、残業は嫌なのでボスをソロ討伐しようと思います

【著】香坂マト　【イラスト】がおう

ギルドの受付嬢・アリナを待っていたのは残業地獄だった!?　全てはダンジョン攻略が進まないせい…なら自分でボスを倒せばいいじゃない！　残業回避・定時死守、圧倒的な力で(自分の)平穏を守る異世界コメディ！

第27回電撃大賞《銀賞》受賞作

忘却の楽園I

アルセノン覚醒

【著】土屋 瀧　【イラスト】きのこ姫

武器、科学、宗教、全てを捨てた忘却の楽園〈リーン〉。少年・アルムは、体に旧世界の毒〈アルセノン〉を宿した囚われの少女・フローライトと出会う。二人を巡り交錯する思惑は欺瞞の平和に"変革"をもたらす——。

第27回電撃大賞《銀賞》受賞作

インフルエンス・インシデント
Case:01 男の娘配信者・神村まゆの場合

【著】駿馬 京　【イラスト】竹花ノート

現代メディアを研究する才媛・白鷺玲華と助手・姉崎ひまりのもとに男子高校生・中村真雪が助けを求めに来る。実は彼はネットで活躍するインフルエンサーで——。SNSと現実がリンクする様々な事件に立ち向かえ！

ソードアート・オンライン プログレッシブ7

【著】川原 礫　【イラスト】abec

第七層でキリトを待ち受けていたのはカジノ、そしてかつて全財産を失った《モンスター闘技場》だった。闘技場に仕掛けられた不正行為を探るキリトとアスナは、思いがけずカジノの暗部へと足を踏み入れていく——。

俺の妹がこんなに可愛いわけがない⑯
黒猫if　下

【著】伏見つかさ　【イラスト】かんざきひろ

「"運命の記述"……いっちょ俺にも書かせてくれよ」恋人同士になった京介と黒猫。二人の運命はさらに大きく変わっていく。完全書き下ろし黒猫ifルート、完結！

錆喰いビスコ7
瞬火剣・猫の爪

【著】瘤久保慎司　【イラスト】赤岸K
【世界観イラスト】mocha

忌浜では人間が次々と猫化する事件が発生。事態を収拾するべくビスコとミロがたどり着いたのは——猫侍たちが治める猫摩国！　猫将軍・羊羹とともに元凶の邪仙猫に挑むが、その肉球が掴むのは黒革に向けて放った超信矢で!?

新説　狼と香辛料

狼と羊皮紙VI

【著】支倉凍砂　【イラスト】文倉 十

コルと２人だけの騎士団を結成したミューリは、騎士という肩書きに夢中になっていた。そこにハイランドから、新大陸を目指しているという老領主の調査を頼まれる。彼には悪魔と取引しているという不穏な噂があって!?

神角技巧と11人の破壊者
下　想いの章

【著】鎌池和馬　【イラスト】田畑壽之
【キャラクターデザイン】はいむらきよたか、田畑壽之

破壊と創造。絶対無比の力を得た少年の物語もいよいよ佳境に。神角技巧を継承することで得た力と、過酷な旅をともに乗り越えることで得た仲間との絆。その全てを賭して少年は『11人目』との最後の戦いに挑む——！

ちっちゃくてかわいい先輩が大好きなので一日三回照れさせたい3

【著】五十嵐雄策　【イラスト】はねこと

花梨の中学生の妹に勉強を教えることになった龍之介。きっと中学時代の先輩のような感じなのだろう！　と快諾して先輩の自宅へ向かうと、現れたのは花梨と真逆でグイグイ迫ってくる、からかい好きな美少女JCで!?

ヒロインレースはもうやめませんか？②
～新ヒロイン排除同盟～

【著】旭 蓑雄　【イラスト】lxy

「俺、ちっちゃい頃に将来結婚するって約束した人がいるんだ」錬太郎の突然の爆弾発言に、争いを続けていたむつきとしおりと萌絵は新ヒロインの参入を阻止するため一時休戦！　3人でヒロイン追加を絶対阻止だ！